七美人宴遊記

칠미인연유기,
장옥선과 일곱 미인 이야기

<지만지한국문학>은
한국의 고전 문학과 근현대 문학을 출간합니다.
널리 알려진 작품부터
세월의 흐름에 묻혀 이름을 빛내지 못한 작품까지
적극적으로 발굴합니다.
오랜 시간 그 작품을 연구한 전문가가
정확한 번역, 전문적인 해설, 풍부한 작가 소개, 친절한 주석을
제공합니다.

七美人宴遊記

칠미인연유기,
장옥선과 일곱 미인 이야기

작자 미상
허원기 옮김

대한민국, 서울, 지만지한국문학, 2024

편집자 일러두기

- 이 책은 옮긴이가 소장하고 있는 필사본 고전소설 《칠미인연유기》를 저본으로 했습니다. 한국학중앙연구원에 마이크로필름(MF35-16230)이 소장되어 있습니다.
- 현대어역은 독자가 쉽게 이해할 수 있도록 원문의 의미를 벗어나지 않는 범위 내에서 자연스럽게 윤색을 가했으며 의미 전달을 확실히 하기 위해 필요한 부분에 한자를 병기했습니다.
- 독자의 편의를 위해 원문에는 없지만 장의 제목에 '제1장', '제2장'과 같이 장의 순서를 표기했습니다.
- 원문은 저본의 표기를 그대로 따르되, 한자를 병기하고 구두법과 띄어쓰기만 현대 문법에 맞게 옮긴이가 바꾸었습니다.
- 원문에 〈1a〉, 〈1b〉와 같이 저본의 쪽수를 표시해 쉽게 대조할 수 있도록 했습니다.
- 한글에 한자를 병기할 때 괄호 안의 말과 바깥 말의 독음이 다르면 [ ]를 사용했습니다.
- 외래어 표기는 현행 한글어문규정의 외래어표기법을 따랐습니다. 중국 지명 중 옛날 지명은 한국 발음으로, 현대 지명은 중국 발음으로 표기했습니다.

차 례

등장인물 · · · · · · · · · · · · · · · · · 1

제1장
기러기 자리에서 영화로움을 하례하고, 곰의 꿈이 좋은 징조임을 점치다 · · · · · · · · · · · · · · · · 7

제2장
흥이 다하니 슬픔이 오고, 어진 신하가 귀양을 가다 · · 19

제3장
호방에 높이 이름을 걸고, 여피로 또 인연을 만나다 · · 33

제4장
세 번 싸워 도적의 진을 격파하고, 오야에 또 미인을 얻다 64

제5장
한 합에 도적의 당류를 멸하고, 8년 만에 비로소 부친을 뵈도다 · 79

제6장
또한 공주를 상으로 내리고, 일곱 미인과 크게 연희하다　84

원문

칠미인연유기 권지일 · · · · · · · · · · · · · · · 101
칠미인연유기 권지이 · · · · · · · · · · · · · · · 128
칠미인연유기 권지삼 · · · · · · · · · · · · · · · 171

해설 · 209
옮긴이에 대해 · · · · · · · · · · · · · · · · · 231

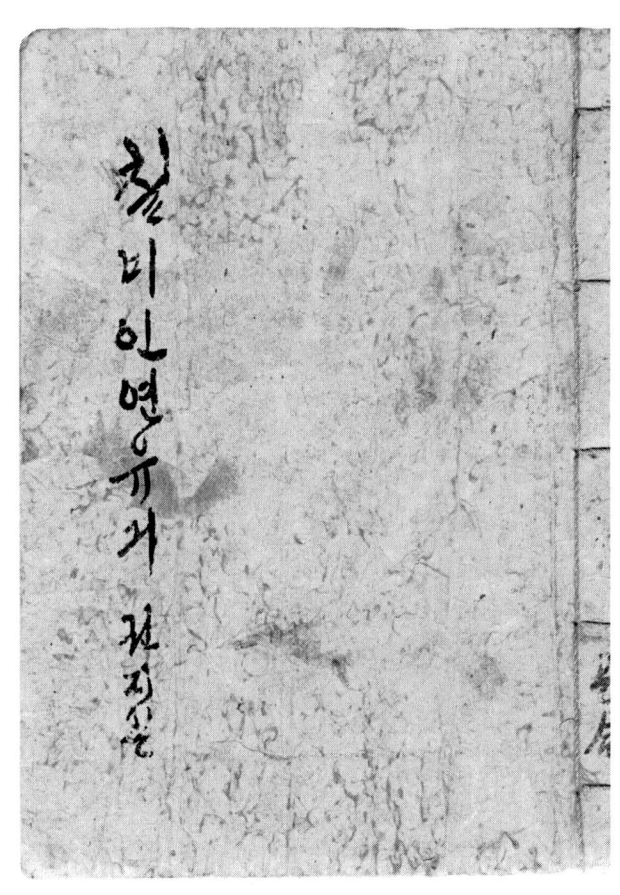

《칠미인연유기》첫째 권의 표지
옮긴이 소장

등장인물

장노학(張老學)   장옥선(張玉仙)
정심(丁深)   유화(劉和)
최평(崔平)   주육(朱六)
심성(沈成)   철강(鐵强)
이중(李重)   막쇠(莫衰)
백화(白華)   황렵(黃獵)

형산공주(荊山公主)   정채봉(丁彩鳳)
최무연(崔舞鳶)   심앵앵(沈鶯鶯)
이홍릉(李紅綾)   백취란(白翠鸞)
유춘매(劉春梅)

기자(箕子)의 〈홍범(洪範)〉[1]에 논설하되, 오복(五福)[2]의 하나를 장수(長壽)라 하고, 둘을 부(富)라 하고, 셋을 강녕(康寧)이라 하고, 넷을 덕을 좋아하는 것[攸好德]이라 하고, 다섯을 제 명대로 살다가 죽는 것이라 했으니, 장씨 같은 사람은 오복을 겸비했다고 이를 만하다.

당나라 두목(杜牧)[3]의 글에 이르기를, "인간이 70년을

---

1) 〈홍범(洪範)〉: 중국 유교의 5대 경전 중 하나인 《서경(書經)》의 한 편이며 유가(儒家)의 세계관에 의해 정치철학을 말한 글. 홍범구주(洪範九疇)라고도 한다. 정치는 천(天)의 상도(常道)인 오행(五行)·오사(五事)·팔정(八政)·오기(五紀)·황극(皇極)·삼덕(三德)·계의(稽疑)·서징(庶徵)·오복(五福) 등의 구주(九疇)에 의해 인식되고 실현된다는 것이 그 주요 내용이다.

2) 오복(五福): 인생에서 바람직하다고 여겨지는 다섯 가지 복. 곧, 수(壽)·부(富)·강녕(康寧)·유호덕(攸好德)·고종명(考終命)이다. 수는 장수, 부는 물질적 풍요, 강녕은 몸이 건강하고 마음이 평안한 것, 유호덕은 덕을 지키기 좋아하는 것, 고종명은 제명대로 살다가 죽는 것이다. 오복이란 말은 《상서(尙書)》 〈홍범(洪範)〉에 먼저 나왔다. 그 뒤 다른 경전이나 문헌에도 인생에서 온갖 복을 갖추었다고 말할 때 이 오복이란 말을 사용했다.

3) 두목(杜牧, 803~852): 중국 당나라의 시인. 본명이 목(牧), 자는 목지(牧之), 호는 번천(樊川)이며, 대학자 두우(杜佑)의 손자다. 이상은(李商隱)과 더불어 이두(李杜)로 불리는 중국 만당전기(晚唐前期)의 시인이다. 산문에도 뛰어났지만 시에 더욱 뛰어났으며, 근체시(近體詩) 특히 칠언절구(七言絶句)를 잘했다. 만당 시대의 시인에 어울리게

사는 것은 예로부터 드물다" 했는데, 장씨는 일곱 미인과 더불어 모두 90년의 장수를 누렸으니 가장 많은 수명이라 할 것이다. 옛글에 말씀했으되, 성을 온전히 해 부모를 공양하는 것이 지극한 영화라 했는데, 이 사람은 고관대작(高官大爵)이 되어 열 고을에서 생산되는 것을 먹었으니 큰 부자라 이를 것이다. 또 능히 양친을 효도로 섬기고, 일곱 부인을 화순(和順)하게 거느리니 강녕하다 이를 것이다. 또 임금을 위해 충성으로 섬기고, 부친을 위해 원수를 갚으니, 신하의 범절과 자식의 도가 지극했다. 이미 명예를 이루고 덕을 세웠으니, 덕을 좋아했다고 이를 것이다. 옛글에 말하되, "달도 차면 이울고 해도 가운데 이르면 기운다" 했고, 또 이르되, "나는 새를 잡으면 활이 감춰지고, 토끼가 죽으면 개가 삶아진다"4) 했으며, 한신(韓信)5)과

말의 수식에 능했으나 내용을 보다 중시했다. 주요 작품에 〈아방궁의 부〉, 〈강남춘(江南春)〉 등이 있다.

4) 나는… 삶아진다 : 《사기》〈회음후열전〉에 나오는 말. 원래는 "빠른 토끼가 죽으면 좋은 사냥개가 삶아지고, 높이 나는 새가 죽으면 좋은 활이 감춰지며, 적국이 망하면 도모하는 신하가 사라진다(狡兎死 良狗烹, 高鳥盡 良弓藏, 敵國破 謀臣亡)"이다.

5) 한신(韓信, ?~BC 196): 전한 초기의 인물. 회음현 출신이며 전한의 개국공신이자 뛰어난 군사지략가다. 제왕(齊王)과 초왕(楚王)으로 봉

팽월(彭越)6)이 망해 넘어지고 진희(震豨)7)와 경포(黥布)도 목이 베어져 높이 달렸으니, 공을 이룬 자가 떠나는 것은 예로부터 늘 있는 일이다. 그러나 장씨는 큰 공을 이미 이루어 두터운 상을 많이 받고 한가히 돌아가 초당에 누워 조정 일에 간여하고 천명을 누리고 집에서 죽었으니, 고종명(考終命)이라 이를 것이다.

그러나 이 오복 외에 또 한 가지 큰 복과 한 가지 큰 화기(和氣)가 있다. 옛적에 화봉인(華封人)8)이 요임금을 축

해지기도 했으나 나중에 회음후(淮陰侯)로 좌천되었고, 결국 모반을 꾀했다는 죄명을 뒤집어쓰고 처형당했다.

6) 팽월(彭越, ?~BC 196): 전한 때 장군. 한나라의 건국에 큰 공을 세웠다. 진희가 반란을 일으켰을 때 군사를 적극적으로 징발하지 않아 유방의 의심을 받았다. 반란을 꾀한다는 고변에 따라 유방이 군대를 보내 급습해 체포했고 결국 죽임을 당했다.

7) 진희(震豨, ?~BC 196): 원래 진나라의 장수였다가 항우에게 귀순했고 나중에 유방에게 귀순했다. 나중에는 반란을 일으켰다가 진압군에게 죽었다.

8) 화봉인(華封人): 《장자》〈천지〉편에 나오는 '화봉삼축(華封三祝)' 고사에서 화봉인이 요임금에게 세 가지를 축원했다. 이때 화봉인이 말하기를 "성인(요임금)에게 축원하오니 오래 사십시오" 하니 요임금은 "싫다"고 했다. 이어 화봉인이 "부자가 되십시오" 하니 요임금은 다시 "싫다" 했다. 이어 화봉인이 "자손을 많이 두십시오" 하니 요임금이 "싫다" 했다. 그러자 화봉인이 "수(壽), 부(富), 다남자(多男子)는 모든 인

사한 말에 이르기를 '수부다남자(壽富多男子)'라 했으니, 자손이 많은 것 또한 큰 복이다. 장씨는 아들 11형제를 두고 자손이 다 고관대작을 해 충성을 다해 국가에 갚으니 이 어찌 큰 복이 아니며, 부인 일곱을 두어 왕후의 딸이 필부에게 시집와서도 투기하는 마음이 없고, 선비와 서민의 딸로 공주를 대접했으나 조금도 투기와 틈이 없으니 이 어찌 화기(和氣)가 아니겠는가? 속된 선비와 평범한 사람들은 다만 한 처와 한 첩만을 두어도, 서로 시기해 원수같이 지내며, 기어이 집안이 망하고 나라가 기울어지는 데에 이르니 그런 사람들은 홀로 부끄럽지 않겠는가? 장씨는 집안을 다스리는 도에 익숙해 능히 화순케 했으니 이로써 본다면, 장씨 같은 사람은 여섯 가지 복록을 갖추고 한 가지 화기(和氣)가 있구나! 후속 인생들이 그 풍채와 기상과 부귀공명을 보고 누가 아니 공경하고 부러워하겠는가? 이러므로 이 글을 지어 전한다.

간이 바라는 바인데, 혼자서 마다하는 연유가 무엇입니까?"라고 물었다. 이에 요임금은 "다남자는 걱정이 많고, 부는 일이 많으며, 수는 욕됨이 많다. 따라서 이 세 가지는 덕을 기르는 소이(所以)가 아니다"고 대답했다. 이 고사에는 부나 수, 자손 등 평범한 세인이 바라는 차원을 한층 넘어서 세상의 그 무엇보다 덕을 기르는 것이 중요하다고 하는 교훈이 담겨 있다.

제1장
기러기 자리에서 영화로움을 하례하고,
곰의 꿈이 좋은 징조임을 점치다
雁榻賀榮, 熊夢占吉

고려 세상에 호남부 삼산(三山)이라 하는 곳이 있었다. 송도 송악산 정기가 뭉쳐 산세가 구불구불 구부러져 호남 땅으로 돌아들어, 한끝은 호남 좌우도가 열려 있고, 또 한 끝은 새로 기이한 봉우리가 되어 삼산에 떨어져 삼산군(三山郡)이 되었다. 좌우 산세의 웅장한 내막과 전후 산세의 화려한 기상은 붓 하나로 기술하기 어렵고, 그 산세가 떨어져서 속리산이 되었으니, 만학천봉(萬壑千峰)의 웅장한 산세가 곳곳마다 화려하고, 푸른 하늘에 깎은 듯 솟은 금부용(金芙蓉) 봉우리는 문필봉(文筆峰)이 뚜렷하고, 72봉 하늘로 우뚝 솟은 것은 노적봉(露積峯)이 분명하고, 한 기이한 봉우리는 좌우로 둘러싸며 공명의 기상을 응해 있고, 천황봉(天皇峯)은 앞뒤로 에워싸 복록의 기초를 응했으니, 이렇듯 문명한 산하에 어찌 대인군자가 없겠는가? 속리산 아래에 문응동(文應洞)이라는 곳이 있으니, 만첩청산은 앞뒤로 둘러싸여 있고, 한 줄기 긴 강은 좌우를 막고 있다. 경치도 거룩하고 풍물도 장하구나!

이 마을에 한 사람이 있으니 성은 장(張)이요, 이름은 노학(老學)이다. 삼한공신(三韓功臣)의 후예로 일찍 부모를 여의고 이리저리 떠돌더니, 강호로 다니면서 경치 좋은 곳을 찾아 이곳에 이르러 여러 칸 초당을 이룩하고 학업을 일삼았다. 항상 이르되,

"남자가 세상에 생겨나서 이름을 세상에 나타내어 부귀공명과 충효절개를 일삼지 못하면 어찌 세상에 난 표적이 되며 또 어찌 부모와 선조의 행적을 이었다고 하겠는가?"

하고 부인 한씨와 작별하고 10년 공부를 경영해 속리산에 들어가 송산도사를 찾아가 뵈었다. 인사의 예를 마친 후 자리를 정해 앉은 후 여쭈었다.

"소생이 본디 경성 장 상서의 아들로 운명이 기구해 일찍 부모를 여의고 살 곳을 몰라 문응동에 와서 사는데, 생애가 풍족합니다. 그러나 생각건대, 천한 몸이 명가의 후예로 태어나서 조상의 업적을 잇지 못하면 어찌 세상에 났다 이르겠습니까? 이런 이유로 식솔들을 작별하고 10년 공부를 작정하고 선생을 모시고자 해 감히 신선이 사는 경계를 침범했습니다. 선생은 용서하시고 불쌍히 여기시면, 소생이 감히 착실히 공부해 훗날을 바랄까 합니다."

송산도사가 듣고 칭찬해 마지않으며 말하기를,

"네 비록 소년이지만 말이 기이하구나!"

하고 처소를 정해 주니 노학이 한마음으로 공부했다.

세월이 흐르는 물 같아서 10년이 지났다. 어느 날 노학이 도사께 말했다.

"소생이 처음에 10년 경영을 작정했으니 이제 청컨대 집에 돌아가 식솔을 위로하고 또 세상에 몸을 내보내려 합니다."

도사가 칭찬해 말했다.

"네 뜻이 장하도다. 10년 사이에 이미 공부를 다 이루어 입신양명(立身揚名)하기를 생각하니 그 뜻이 어찌 장하지 않겠는가?"

하고 돌아가기를 허락하며 말했다.

"네가 이 길의 앞날이 크게 열려 부귀와 공명을 한없이 누리겠지만 20년 액운이 있으니 삼가 조심하라. 다시 나를 보고자 한다면 50년 후에 다시 볼 날이 있을 것이요, 그 전에는 다시 보기 어려울 것이니 부디 몸을 잘 보존하라."

노학이 다시 여쭈었다.

"선생의 은덕이 강과 바다 같습니다. 소생이 비록 용렬하나 자주 뵙기를 원하거늘 선생은 어찌 50년 후를 정하십니까?"

도사가 웃으며 말했다.

"네가 모르는구나! 나는 속세 사람이 아니라, 본디 태을신선(太乙神仙)9)으로 산속에 구경코자 이 산에 왔다. 너는 비록 10년을 지냈으나 나로 말하면 곧 잠깐 사이다. 속세와 선계(仙界)가 통할 곳이 못 되거늘 어찌 자주 보기를 바라겠는가?"

노학이 처음에는 도사인 줄만 알았는데 선관이라는 말을 듣고 세상에 돌아갈 생각이 갑자기 없어져 다시 여쭈었다.

"소생이 재주 없으나 선생의 슬하에서 모시며 세월을 보내고자 합니다."

도사가 또 웃으며 말했다.

"너와 나의 인연이 이미 옅으니 잔말 말고 바삐 돌아가 세간의 고락을 지내다가 50년 후에 다시 천상에서 만난다면 그것이 좋지 않겠느냐?"

노학이 하릴없어 도사를 하직하고 돌아가려 할 때, 도사가 손을 잡고 이르기를,

"10년간 정의 인연이 적지 않은데, 산속에 정을 표할 물

---

9) 태을신선(太乙神仙) : 신선의 직함 중 하나. 태을선관(太乙仙官)이라고도 한다. 일설에는 여동빈(呂洞賓)이 태을선관이라고도 하고, 북방에 있는 별 태을성(太乙星)을 맡아보고 있는 신선이라고도 한다.

건이 없으니 슬프구나!"

하고 품에서 한 개 옥피리를 내어주면서 말했다.

"이 옥피리는 내가 평생 희롱하던 것이다. 이제 너에게 주니 돌아간 후 혹 달 밝은 밤과 바람 맑은 아침을 만나거든 흥을 타 적적함을 달래라."

노학이 다시 여쭈었다.

"속인이 어리석어 화와 복을 모르오니 앞으로 닥칠 일을 낱낱이 일러 주십시오."

도사가 또 웃으며 말했다.

"내가 마땅히 그때를 당해 앞으로 닥칠 화와 복을 일러 주려니와 하늘이 정한 화와 액이야 어찌 면하겠는가? 천기를 누설할 수 없으므로 미리 말할 수 없구나!"

노학이 옥피리를 받아 보니 세상에 없는 기이한 보물이었다. 돌아앉아 곧 불어 보니 소리가 청아하고 곡조가 절로 이루어지면서 청학(靑鶴) 한 쌍이 소리에 응해 춤을 천천히 추는지라. 도사가 보고 칭찬해 마지않으며 말했다.

"이제야 내 제자라 말할 만하구나!"

노학을 불러 말했다.

"때가 되었으니 얼른 바삐 돌아가라."

노학이 두 번 절하며 하직하고 돌아와 몇 걸음을 걸어 나와 돌아보니 도사는 간 곳이 없었다.

옥피리를 불며 학을 데리고 집에 돌아오니, 한씨 부인이 이미 문밖에 큰 잔치를 베풀고 돌아오기를 기다리고 있었다. 장생이 문에 이르러 부인과 더불어 기뻐하며 서로 맞아, 그 사이의 회포를 풀며 이야기했다.

며칠이 지나 마침 음력 보름이었다. 마루 위에 배회하며 달빛을 구경하다가 넓은 흥을 이기지 못해 옥피리를 꺼내 부니 그 소리가 산골짜기를 울리고 청학이 곡조에 응해 춤을 추었다. 집안에 가득한 빈객들이 기이하게 여겨 옥피리를 빌려서 불려 했으나 소리가 나지 않았다. 좌중이 모두 괴이하게 여겨 감탄치 않는 사람이 없었다.

몇 달을 지낸 후에 경성을 향해 올라갔다. 이때 춘삼월 좋은 시절이라 봉우리마다 좋은 꽃은 비와 이슬을 머금었고, 곳곳에 고운 새는 봄바람을 희롱했다. 노학이 감탄하며 말했다.

"저 꽃과 저 새는 때를 만나 즐기거니와 나는 어느 때에 좋은 때를 만나리오!"

이럭저럭 감탄하고 길을 떠났다. 수십 일 만에 경성에 다다르니 시절이 태평해 조정에는 아무 일도 없었다. 고려왕이 조정 신하와 더불어 의논해 과거를 보여 인재를 구하려 하니 노학이 이 말을 듣고 크게 기뻐해 손에 침을 뱉고 과거 시험을 기다렸다.

과거 시험 보겠다는 명령이 내려와, 장생이 필묵을 갖추어 시험장 안에 들어가 보니 글의 제목이 높이 걸려 있었다. 장생이 걸린 글 제목을 바라보고 단숨에 글씨를 내려서서 첫 번째로 바쳤다.

고려왕이 글을 친히 보시고 찬탄하며 말했다.

"이 글은 신선의 글솜씨요, 사람의 글은 아니라!"

곧 장원급제에 한림학사를 하게 하시고 바로 그날 들어와 보도록 했다. 왕이 보시니 풍채가 비범해 제왕을 보좌할 사람의 상이었다. 임금이 사랑하시어 자주 명해 부르시고 크고 작은 일을 의논하셨다.

세월이 물처럼 흘러 수삼 년이 지났다. 한림은 직품이 올라 병부시랑이 되었다. 부귀가 극진하고 은총이 거룩하니 무슨 한이 있겠는가? 그러나 나이 마흔에 한 점 혈육이 없어 부인과 더불어 밤낮 근심했다.

하루는 부인이 말했다.

"칠거지악(七去之惡)[10]에 자식 없음이 으뜸이라. 첩의 운명이 기구해 한 아들도 두지 못해 상공에게 걱정을 끼치

---

10) 칠거지악(七去之惡) : 유교 도덕에서 아내가 쫓겨날 수 있는 일곱 가지의 악행. 곧 시부모에게 순종하지 않음(不順舅姑), 자식이 없음(無子), 음행(淫行), 투기(妬忌), 나쁜 병(惡病), 말썽이 많음, 도둑질이다.

니 죄상이 만 번 죽어도 아깝지 않을 정도입니다. 그러나 예로부터 아들 없는 사람들이 산천에 정성스레 기도하면 혹은 아들을 낳을 수 있으니, 우리 내외도 정성으로 빌어나 봅시다."

시랑이 대답했다.

"부인의 말씀이 옳소. 숙량흘(叔梁紇)11)도 이구산(尼丘山)에 기도해 공자 같으신 성인이 탄생했으니 감히 숙량흘에게는 비할 수 없으나 정성스레 기도하면 혹 천만다행으로 아들을 낳을 수 있을 것이오. 문응동 뒤의 속리산에 빌면 송산도사는 태을선관이요, 곧 나의 선생이라. 혹 불쌍히 여기시고 아들을 점지하실 듯하니 청컨대 빌어나 봅시다."

그날로 궐 안에 들어가 임금께 여쭈었다.

"신이 본디 몸에 병이 있어 조회에 참여하지 못하겠습

---

11) 숙량흘(叔梁紇, BC 622년~BC 549년) : 공자의 아버지. 춘추 시대 노나라 사람으로 창성왕으로 추봉된 공백하(孔伯夏)의 아들이다. 휘가 흘, 자가 숙량이다. 노나라의 장군이었으며 아내는 시씨, 안징재, 첩이 있었다. 시씨와의 사이에서 딸 아홉을 얻었고, 첩과의 사이에서 공자의 형인 맹피를 얻었는데, 맹피는 절름발이여서 대를 이을 수 없었다. 숙량흘은 늦게 안징재와 야합해 늦게 공자를 얻었다. 이구산에 기도해 공자를 낳았다는 이야기가 있다.

니다. 성상께서 3년의 시간을 주시면 돌아가 병을 조리하고 다시 돌아와 성은을 갚도록 하겠습니다."

임금이 말했다.

"조정에 경이 하루라도 없으면 정치하는 일에 그릇됨이 많을 것이다. 그러나 경의 병이 그러하니 돌아가 착실히 조리하고 속히 돌아와 나의 아끼고 그리워하는 뜻을 저버리지 말라."

또 말하되,

"조정에 어찌 잠시인들 충신이 없겠는가? 경을 대신할 사람을 천거하라."

장노학이 황제의 은혜에 감사하고 예부랑중 정심(丁深)을 천거해 자신을 대신하게 했다. 그리고 그날로 부인과 더불어 삼산으로 돌아갔다.

이때 장노학이 삼산에 이르러 속리산 아래에 단을 쌓고 부인과 더불어 목욕재계하고 백일기도를 착실히 했다. 하루는 삼산현승(三山縣丞)이 자기 생일잔치에 장노학을 초청했다. 시랑이 잔치 자리에 들어가 서너 잔 먹은 후에 취흥을 이기지 못해 자리에 의지해 잠깐 졸았다. 홀연히 황룡 하나가 하늘로 오르는데 청룡 일곱이 따라 올라갔다. 마음으로 기뻐하다가 깨어 현승에게 감사하고 집으로 돌아왔다.

한편 이때 부인이 춘곤증을 이기지 못하고 난간에 의지해 잠깐 졸았다. 홀연 청의동자 한 쌍이 옥피리를 불며 내려오니 부인이 괴이하게 여겨 문을 나와 보았다. 동자가 한 노인을 인도해 오는데, 부인이 눈을 들어 보니 골격이 청수하고 형용이 비범해 속세의 사람이 아니었다. 부인이 놀라 급히 일어나 저고리를 입고 무지개치마를 이끌고 나가 노인을 맞으니, 노인이 부인을 따라 누각 위로 올라왔다. 윗자리에 좌정한 후에 부인이 두 번 절하고 여쭈었다.

"노인은 뉘십니까?"

노인이 답하기를,

"나는 시랑의 선생 태을선관이다. 시랑과 부인의 심덕(心德)이 거룩하되, 한 점 소생이 없어 내 그윽이 불쌍히 여기는 바라, 그런고로 내가 왔노라."

하고 품 가운데에서 누런 옥 한 개를 꺼내 부인 품에 넣어 주며 말했다.

"이는 하늘과 땅 사이의 양기를 응해 된 것이라, 부인의 아들이 될 것이다."

또 푸른 옥 일곱 개를 내어 보이며 말했다.

"이것은 하늘과 땅 사이 음기를 응해 된 것이라, 부인의 며느리가 될 것이다."

부인이 한편으로 기뻐하고 한편으로 놀라며 말했다.

"선관의 어진 덕택으로 박복한 제가 아들을 얻게 되니 덕택이 강과 바다 같습니다. 그러나 한 명의 처와 한 명의 첩이 남자에게 늘 있는 일인데, 어찌 일곱 아내를 취하겠습니까?"

노인이 웃으며 말하기를,

"하늘이 정한 연분이니 어찌 어기리오! 때를 잃지 말고 아들을 잘 길러라."

하고 간 곳이 없었다. 부인이 기쁨을 이기지 못해 깨어 보니 남가일몽(南柯一夢)12)이었다.

마침 장노학이 돌아왔다. 부인이 나와 맞아 좌정한 후에 장노학이 부인을 데리고 꿈속 일을 이야기했다.

부인이 기뻐 또 자기의 꿈을 이야기하고 말하기를,

"옛말에 일렀으되 정성이 지극하면 하늘이 감동한다고

---

12) 남가일몽(南柯一夢) : 꿈같이 헛된 한 때의 부귀영화. 중국 당나라 소설 《남가기(南柯記)》에서 유래했다. 당나라 덕종 때 광릉이라는 곳에 순우분이라는 사람이 있었다. 그는 그의 집 홰나무 아래서 낮잠을 자다가 꿈에 대괴안국(大槐安國) 왕의 사위가 되어 20년 동안 지극한 부귀영화를 누렸는데, 꿈에서 깨어 보니 거기는 원래 자기 집이었고, 그 나라는 개미의 나라였다는 내용이다. 남가일몽이라는 말은 소설에서 보통 꿈을 꾸고 난 이후에 상투적으로 사용된다.

하더니, 과연 헛말이 아니로다!"

하고 서로 기쁨을 이기지 못했다.

과연 그달부터 태기가 있어 네다섯 달을 지나며 부부가 크게 기뻐해 아들 낳기를 기다렸다. 열 달이 되어 부인의 기미가 편치 않더니 방 안에 향기가 진동하고 오색구름이 집안을 둘러쌌다. 부인이 한 아들을 탄생하니 용모가 준수하고 기상이 당당해 풍채와 골격이 비범했다. 부부가 크게 기뻐하며 이름은 '옥선'이라 하니, 선관이 옥을 준 것에 응함이요, 자는 '승룡'이라 하니 시랑의 꿈속에 황룡을 응함이었다.

옥선이 점점 자라 네다섯 살에 이르자, 천하의 문장가와 재주 있는 선비를 가려서 옥선을 가르치게 했다.

제2장
흥이 다하니 슬픔이 오고,
어진 신하가 귀양을 가다
興盡而悲來, 賢士而逐臣

한편, 이때 임금은 장노학을 보내고 정심을 병부시랑으로 삼고 크고 작은 정치를 위임했다. 그런데 정심의 자질이 장노학에 미치지 못했기 때문에 임금은 항상 장노학을 생각했다. 기한이 지나도록 장노학이 돌아오지 아니하자 임금이 근심해 사신을 보내 노학을 불렀다. 장노학이 명을 받아 조정에 이르니 임금이 반가이 맞이해 보고 이유를 물었다.

장노학이 여쭈었다.

"신이 40년 만에 아들 하나를 얻어 헤어지기 서운한 정을 떼지 못해 죄를 범했사오니 임금께서는 용서하시옵소서."

임금이 크게 기뻐하며 말했다.

"어느 때 낳았는가?"

장노학이 대답했다.

"모월 모일에 낳았습니다."

임금이 말씀하시기를,

"기이한 일이로다! 나도 그날 딸을 낳았으니, 곧 형산공주(荊山公主)다. 같은 날 같은 시간에 낳았으니, 하늘과 땅 사이에 희귀한 일이로다!"

하고 조회를 마쳤다.

이때 사방에 흉년이 들어 백성이 도탄에 빠졌다. 관서(關西) 석주 땅[13]에 철강(鐵强)이라는 자가 있어 10만 군병을 모아 성읍을 치니 천하가 요란해 관서, 관동의 굶주린 백성이 벌떼처럼 일어났다. 임금이 근심하며 호부시랑 주육(朱六)을 불러 말했다.

"경이 호부에 있으면서 어찌 백성을 도탄에 들게 해 사방에 도적이 이르게 하는가?"

주육이 고했다.

"그게 신의 죄가 아니라 병부시랑 장노학이 병부에 있으면서 민정에 어두운지라 그런 이유로 생령(生靈)[14]이 도탄에 드나이다."

---

13) 관서 석주 땅: 관서 지방의 지명. 관서는 철령관의 서쪽 평안도를 지칭한다. 석주는 삭주(朔州)를 지칭하는 것으로 보이나 분명치 않다.

14) 생령(生靈): 살아 있는 영혼들. 살아 있는 백성, 즉 생민(生民)과 같은 의미다.

임금이 크게 노해 장노학을 불러 크게 꾸짖었다.

"네 병부에 있으면서 어찌 난리가 일어나게 하는가?"

장노학이 황공해 사례해,

"신이 병부에 있으면서 도적이 일어나게 했으니 신의 죄는 만 번 죽어도 아깝지 않습니다."

하고 곧 조정에서 물러나 사직하는 상소를 올렸다. 임금이 장노학의 상소를 보고 불쌍히 여겨 주육을 불러 물었다.

"사방에 도적이 일어난 것이 어찌 장노학의 죄겠는가? 아직 용서해 씀이 옳다."

주육은 본디 간신이라 항상 장노학을 미워하더니 이때를 타서 임금께 여쭈었다.

"노학이 장수와 병졸들을 악독하게 대해 백성이 노학의 목을 베면, 먹고 자는 일이 되겠다고 하오니 성상은 살피소서."

임금이 크게 노해,

"나는 노학을 후대했는데 저는 배은망덕해 도적이 일어나게 하니 마땅히 죽이리로다."

하고,

"노학을 정위(廷尉)15)에게 내려 죄를 다스리라."

했다. 예부시랑 정심이 상소를 올려 간했으나, 임금이 듣지 아니하고 더욱 크게 노했다. 이부상서 이중(李重)은 충신이라 상소를 올려 말했다.

"장노학은 만고의 충신이라. 어찌 간신의 말을 들으시고 충신을 죽이려 하십니까?"

임금이 그 상소를 보고 더욱 크게 노해 주육에게 보이니, 주육이 여쭈었다.

"노학과 이중과 정심은 다 같은 당이라 한 식구의 괴수거늘 신에게 도리어 간신이라 하오니 어찌 슬프지 않겠습니까."

임금이 말하기를,

"세 놈의 죄는 죽여 마땅하나 이미 내가 가까이 부리던 신하라 죽일 수 없으니, 먼 곳으로 귀양 보내어 저들의 허물 고칠 때를 기다리는 것이 옳겠다."

하고 장노학은 탐라국으로 이중은 진안으로 안치하고 정심은 관직을 삭탈해 평민으로 삼으니, 주육이 어쩔 수 없어 그대로 조회를 마쳤다.

이때 장노학이 집으로 돌아와 옥선 모자를 불러 울며 말했다.

"내가 죄가 무거워 만리타국에 귀양 가니 살아 돌아올

---

15) 정위(廷尉): 형벌과 옥사(獄事), 즉 법을 집행하는 사법직 최고 관리.

길이 없는지라. 늦게 낳은 자식의 영화를 못 보니 어찌 슬프지 아니하리오? 원하건대 부인은 어떤 경우에도 몸을 아껴 옥선을 잘 길러 훗날을 보시오. 다만 나와 같이 못 보니 어찌 한이 되지 아니하리오?"

부인이 이 말을 듣고 목을 놓아 크게 울며 정신을 못 차렸다. 옥선도 또한 두 발을 구르며 울었다.

장노학이 옥선의 머리를 어루만지며 말하기를,

"울지 마라! 내 오래지 아니해 돌아올 것이다. 네 부디 울지 말고 잘 있다가 조상의 음덕으로 탈 없이 자라나서 아버지의 원수를 갚고 임금을 충성으로 섬기거라."

하고 사자를 따라갔다.

옥선의 집이 어지러운 집안이 되어 초상난 집 같았다. 이때 이 상서는 아들 없이 딸 하나만 두었기 때문에, 진안으로 길을 떠날 때 집에 돌아가 부인과 딸을 불러 말했다.

"내 이제 충신 장 시랑을 구원하다가 간신에게 화를 입어 먼 곳으로 가니 부인은 저 홍릉(紅綾)을 잘 길러서 훗날을 보시오. 홍릉의 재질이 비범해 필경 귀인의 배필이 될 것이오. 장 상서의 아들과 동년 동일에 탄생했기로 그 일이 비범해 혼사를 의논하고 미처 정하지는 못했으니 내가 간 후에라도 그 집과 혼인해 후의 길을 보시오."

이에 떠나가니 홍릉 모녀가 대성통곡하며 이별했다.

이때 주육이 이미 충신을 쫓아내고 더욱 꺼림이 없었다. 사신을 보내어 철강과 서로 통해 철강은 밖에서 원조해 주고, 주육은 안에서 응해 국가를 도모하고자 했다. 주육이 장노학의 아들이 영걸(英傑)이라는 말을 듣고 철강에게 글을 보내 가만히 군사를 보내어 죽이고 후환을 없게 하라 했다. 철강이 글을 보고 크게 기뻐하며 곧 군사를 보내 밤을 도와 쫓았다.

이때 한씨 부인이 장노학을 이별하고 밤낮 눈물로 세월을 보냈다. 하루는 부인이 눈물을 닦고 난간을 베고 졸았는데, 태을선관이 또 하강해 급히 머리를 흔들어 깨우며 말했다.

"재앙의 기색이 닥쳐오거늘 부인은 어찌 이리 자고 있는가? 이 길로 바삐 동방 5백 리 밖으로 나가 화를 피하면 자연히 구할 사람이 있으리니, 급히 일어나라."

소리에 놀라 깨니 일장춘몽이었다.

부인이 모골(毛骨)이 송연(悚然)해[16] 급히 옥선을 불러 꿈 일을 의논하니 옥선이 여쭈되,

"소자의 꿈도 또한 그러하니 반드시 쫓는 자가 있을 것

---

16) 모골(毛骨)이 송연(悚然)해 : 놀랍고 두려워 털이 쭈뼛해지고 뼈가 오싹해진다는 의미.

입니다!"

하고 급히 몸을 피할 계책을 생각해 부인이 옥선을 데리고 행장을 수습해 정한 곳 없이 나아갔다.

철강의 군사가 와 보니 집안이 비어 있었다. 하릴없이 뒤를 쫓아 수삼백 리를 달려가니, 부인과 옥선이 10리 안에 가고 있었다. 그놈들이 고함을 질러 말했다.

"너희가 하늘로 날 것이냐, 땅으로 들어갈 것이냐? 어디로 가겠느냐?"

부인과 옥선이 돌아보니 도적들이 뒤에 있었다. 매우 놀라 낯빛이 변해 죽을힘을 다해 기를 쓰고 달아나니 큰 강이 앞에 있었다.

부인과 옥선이 땅을 두드리고 울며 말하기를,

"한없이 푸른 하늘이여! 어찌 이렇듯 궁하게 하는가?"

하고 목 놓아 통곡했다.

한 곳을 바라보니 한 조각 작은 배에 청의동자 둘이 앉아 있었다. 옥선 모자가 급히 쫓아가 배에 올라서 떠나기를 재촉하니 동자가 노를 저어 한순간에 중류로 들어갔다. 도적들이 쫓아와 보니 배가 이미 강의 중간에 둥둥 떠 있었다.

도적들이 고함치기를,

"요망한 아이들이 망명하는 죄인을 싣고 가니, 너희 죽을 줄 모르느냐? 배를 급히 돌려라."

했으나 동자가 대답하지 아니하고 돛대를 치며 노래했다.

> 도적놈이 죄 없는 사람을 죽이려 하니,
> 넓고 넓은 큰 하늘이 어찌 미워하지 않으시리오?
> 망명죄인은 어디 가고 열녀 충신 들어오도다!

도적놈들이 하릴없이 각각 헤어져 갔다. 배가 잠깐 사이에 2백 리 긴 강을 건너 언덕에 다다랐다.

부인과 옥선이 감사하며 말했다.

"공자의 덕을 입어 두 목숨이 살았으니, 은혜가 지극합니다."

동자가 웃으며,

"저는 태을선궁에서 시중드는 아이입니다. 선관의 명을 받고 왔으니, 부인께서는 감사치 마시고 어떤 경우에도 공자와 함께 몸을 아껴 보존하십시오."

라고 말하고 간 곳이 없었다.

부인과 옥선이 공중을 향해 무수히 감사하고 지팡이 막대를 이끌고 산골짜기를 넘어갔다. 깊은 골에 슬피 우는 원숭이 소리와 고목에 울고 가는 새소리가 사람의 회포를 돕는 듯했다. 부인과 옥선이 슬픔을 진정치 못해 한바탕 통곡한 후에, 어머니와 아들이 서로 위로하며 이끌고 마을과 마을을 전전하고 집집마다 걸식해 이럭저럭 수십 일 만에 한 곳에 다다랐다.

산천이 수려하고 초목이 푸르게 우거졌는데, 산세는 깎은 듯해 삼면으로 둘러 있고 긴 강이 앞을 막고 있으며, 뱃길만 끊으면 사람이 통할 길이 없어 피난할 만한 곳이었다. 옥선 모자가 그 마을을 찾아 들어가니 그 마을 이름은 백락촌(百樂村)이었다. 백 주부라는 사람이 매우 크고 좋은 집을 짓고 지내고 있었다. 옥선 모자가 그 집에 들어가 아침을 얻어먹고 후원 소나무 아래에 가서 졸았다.

옥선 모자의 생명이 마침 어찌 되는지 또 다음 권을 자세히 보라.[17]

한편, 백 주부의 이름은 화(華)요, 자는 군봉(群鳳)이다. 늦도록 아이를 낳지 못하다가 40여 세에 태을선관의 꿈을 얻어 딸 하나를 탄생하니 형용이 절묘하고 골격이 화려했다. 백화 부부가 사랑해 이름을 취란(翠鸞)이라 했다.

취란이 점점 자라며 재주가 비범하고 성품이 총명했으

---

17) 옥선… 보라 : 첫째 권은 여기서 끝나지만 2장의 내용은 둘째 권에서 계속 이어진다.

며 비파를 잘 다루어 〈예상우의곡〉18)과 〈고산유수곡〉19)을 잘 연주하니 백화가 사랑해 어진 배필 얻기를 기대했다.

이때 백화가 초당에 앉아 잠깐 졸았는데 비몽사몽간에 청룡과 황룡이 후원 소나무 아래서 올라가거늘 마음에 괴이하게 여겼다. 태을선관이 하강해,

"지금 귀인이 집 안에 있으니 급히 나가 구하라."

하거늘 주부가 깨어 보니 남가일몽이었다.

내당에 들어가 부인을 불러 꿈속 일을 이야기하니 부인이,

"나도 또한 꿈이 그러합니다. 취란을 낳은 것이 태을선관의 덕이었는데, 이제 선관이 또 꿈에 나타나니 매우 괴이하도다!"

하고 곧 후원에 들어가 보니 웬 여인과 동자가 소나무

---

18) 〈예상우의곡(霓裳羽衣曲)〉: 신선들의 세계인 월궁(月宮)의 음악을 모방해 만든 곡조 하나.

19) 〈고산유수곡(高山流水曲)〉: 백아가 종자기에게 들려주었다고 하는 곡조. 백아가 마음으로 높은 산을 생각하며 연주하자 종자기가 알아보고 그 느낌이 태산같이 웅장하다고 하며 감탄했고, 또 큰 강을 생각하며 연주했더니 황하와 같이 도도함을 찬탄했다는 고사에서 비롯했다. 풍류의 곡조를 잘 아는 사람이 아니면 알지 못할 미묘한 거문고의 소리를 비유적으로 이르는 말이다. 여기서는 고유명사로 하나의 '곡'으로 보았다.

아래에서 자고 있었다. 백화가 급히 옥선을 깨워 물으니 옥선이 대답했다.

"난리를 만나 이곳에 피난 왔습니다."

백화가 동자의 행색을 보니 용모가 출중해 주부가 기이하게 여겨 이름을 물으니 옥선이 대답했다.

"성은 장이요, 이름은 옥선입니다."

백화가 또 나이를 물으니,

"13세입니다."

라고 대답했다. 생일을 물으니 그 아이의 생일과 생시가 취란과 터럭만큼도 다름이 없었다. 백화가 더욱 기특하게 여겨 집으로 돌아가기를 청하니 부인이 의아해 주저하거늘 옥선이 고하여 말했다.

"모친은 염려치 마십시오. 주인의 행색을 살펴보니 관후한 장자라 필경 해할 리가 만무합니다. 또 태을선관이 말한 동방 5백 리 밖이 곧 이곳인 듯하니 의심치 말고 가십시다."

백화가 태을선관의 꿈속 일이라는 말을 듣고 더욱 괴이하게 여겨, 부인과 옥선을 인도해 집에 돌아가서 부인은 내실의 별당에 모시고 옥선은 외당에 두고 행동을 살펴보니 기상이 비범했다.

백화가 생각해 별당에 들어가 취란과 같이 공부하게

했다. 하루는 옥선이 행장 안에서 옥피리를 꺼내어 별당 안에서 부니 소리가 청아해 취란의 비파와 곡조가 서로 맞아 청학 한 쌍이 춤추게 했다. 백화가 옥피리 소리를 들으니 꿈속에서 들었던 태을선관의 옥피리 소리와 같았다. 매우 놀라 별당에 들어가니 옥선은 비파에 응해 옥피리를 불고 취란은 옥피리에 따라 비파를 두드리니 두 소리가 서로 어울려 사람의 정신을 황홀케 했다.

백화가 크게 기뻐하며 말했다.

"우리 딸의 비파 곡조가 수준이 높아 화답하는 사람이 없더니 이제 네가 능히 맞추니 그 옥피리는 어느 곳에서 얻었는가?"

옥선이 일어나 절하고 꿇어앉아 옥피리 얻은 곡절을 낱낱이 고하니, 백화가 감탄해 마지아니하고 곧 내당에 들어가 부인을 불러 말했다.

"이제 딸의 배필을 정했구나! 옥선의 용모가 출중하니 훗날 부귀할 기상이요, 그 옥피리 소리는 태을선궁으로부터 온 소리다. 아마 생각건대 태을신선이 옥선을 인도해 우리 딸의 배필을 정하게 하심이다. 하늘이 준 때를 잃으면 반드시 재앙이 미칠 것이로다."

부인이 이 말을 듣고 이르되,

"저들 둘이 생일과 생시가 같으니 또한 괴이한 일이라.

하늘이 정한 연분을 어기지 맙시다."

하고 곧 내실로 들어가 한씨 부인에게 혼사를 말했다.

한씨 부인이 울며 대답하기를,

"주인의 은덕이 하해(河海)와 같이 넓어 갚을 길이 없는 가운데 혼사를 말씀하시고 도망 다니는 사람을 이처럼 후대하시니 감사하기 이를 데 없습니다. 어찌 허락하지 않겠습니까마는 다만 먼 곳에 가 있는 남편이 보지 못할 일을 생각하니 가슴이 무너집니다!"

하고 곧 허락했다. 부인이 반기며 나와 백화에게 그 말을 전하고 곧 좋은 날을 정했다. 옥선이 이 말을 듣고 내실에 들어가 한씨 부인에게 고해 말했다.

"제가 일찍이 듣기로는 부친과 이 상서가 혼사를 말씀하셨다 하오니 혼처가 이미 정해졌는데, 어찌 가벼이 먼저 허락하셨습니까?"

부인이 울며 말했다.

"네 말도 옳다마는 이 상서 집 혼담은 말만 하고 정하지 아니했고 또 우리 모자가 주인의 두터운 은혜를 입었으니 어찌 허락지 않으리오? 성인도 권도(權道)[20]를 쓰시니 일

---

20) 권도(權道) : 목적 달성을 위해 그때그때의 형편에 따라 임기응변으로 일을 처리하는 방도. 정도(正道)에 대비되는 말이다.

을 어찌 고집하리오?"

이때 백화가 좋은 날을 가려서 혼례를 올릴 때, 신랑 신부의 성대한 모습과 빛나는 풍채는 천고에 없던 바요, 신방을 차린 후에 신랑 신부가 마주 앉아 옥피리와 비파로 전날의 미흡한 정의 인연을 서로 이으니 그 아니 좋겠는가? 취란이 글을 지어 옥선에게 주었다.

묻노니, 오늘 저녁은 어떤 저녁인가? 비파 소리로 어진 군자를 맞았도다. 이 자리가 어찌 우연이리오! 정의가 참으로 은근하도다. 어진 낭군의 맑은 기품은 야학(野鶴)이 닭의 무리에 서 있음 같도다. 나 같은 천한 자질은 본디 비와 구름의 어울림이 아니로다. 군자는 이로부터 비로소 어떠하오? 원하건대 용의(用意)를 부지런히 하라.

이때 두 사람이 서로 글을 지어 즐겼다.

이럭저럭 수년이 지났다. 옥선이 미인을 얻으니 그 즐거움이 약하지 않았다. 그러나 부친이 먼 곳에 있음을 생각하며 밤낮 근심해 조정에 들어가 임금을 섬겨 부친의 원수를 갚고자 하되 방편을 얻지 못해 항상 울적한 마음을 이기지 못했다.

제3장
호방에 높이 이름을 걸고,
여피21)로 또 인연을 만나다
戶房高掛名, 儷皮又結緣

 한편, 이때 주육이 조정을 어지럽혀 철강이 군병을 거느리고 경성으로 들어와 왕을 겁박했다. 주육이 왕을 달래어 항복하라 하되 왕이 어쩔 수 없이 항복하고자 하더니, 공부시랑 사선은 충신이기에 여쭈었다.
 "이제 불행히 천하가 난리 속에 들어 난신적자가 경성을 침범하게 되니 신하들이 분한 마음으로 답답해하고 있습니다. 어찌 도적에게 항복해 3백 년 종사를 위태롭게 하겠습니까?"
 왕이 사선과 의논을 정해 강화부로 파천해 도읍을 정하고 군사를 길러 도적을 치되, 인재를 구해 태평한 후일을 기대해 보자 하고 그날로 곧 강화부로 파천해 도읍을 정했다.

---
21) 여피(儷皮) : 암수 한 쌍의 사슴 가죽. 혼례의 폐물로 쓰인다.

이때 왕이 주육에게 속았음을 분하게 여기고 충신을 자리에서 쫓아낸 것을 민망히 여겼다. 왕이 주육의 목을 벨 계교를 여러 신하에게 물으니 사선이 다시 여쭈었다.

"주육이 철강과 밀통했으니 속히 도모하기 어렵습니다. 원하건대 왕께서는 유배 간 신하 장노학과 이중을 부르셔서 조정에 두고, 전 시랑 정심을 쓰셔서 인재를 구하소서."

임금이 옳게 여겨 장노학과 이중을 명해 부르려 했으나,

"만 리 밖에 있는지라, 어찌 올 수 있겠는가?"

한숨지으며 탄식하고 또 정심을 불러,

"짐(朕)[22]이 경을 보니 참으로 부끄럽도다."

하고 곧 이부상서를 시키고,

"인재를 구하라."

하니, 정심이 황은에 감사하며 축수하고 다시 여쭈었다.

"지금 천하의 3분의 2가 주육에게 붙어 있습니다. 인재를 구하고자 한다면 과거 시험을 다시 보아 충신열사를 구

---

[22] 짐(朕) : 황제가 자기 자신을 지칭하는 말. 한국에서는 고려 태조 때부터 임금이 스스로 '짐'이라 했으나 중국 원나라의 간섭을 받기 시작한 충렬왕 때부터 '고(孤)'로 고쳐서 사용했다. 조선 시대의 역대 왕들은 주로 '과인'이라 하다가 1897년(광무 1) 고종이 국호를 대한제국으로 고쳐 중국과 종속관계를 끊고 황제에 오르면서 '짐'이라는 칭호를 사용했다.

함이 옳습니다."

임금이 옳게 여겼다.

이때 옥선이 왕이 강화부에 파천해 충신을 쫓아낸 것을 후회한다는 말을 듣고 한씨 부인에게 말했다.

"부친은 먼 곳에서 돌아오시지 못하고, 역적이 조정에 웅거해 천자를 겁박한다고 합니다. 제게 한 걸음을 허락해 주시면 능히 임금을 위해 충성으로 섬기고 부친을 위해 원수를 갚겠습니다."

부인이 울며 말했다.

"네 말이 참으로 장부의 말이다. 그러나 지금 도적이 널리 퍼져 있으니 어찌 고이 가기를 바라겠는가?"

옥선이 굳이 청해 말했다.

"인생이 생겨난 바는 부모로 인함이라, 이제 만 리 밖에 있는 부친을 구하지 못하면 어찌 하루라도 편히 있겠습니까? 한번 가 보기를 청합니다."

부인이 마지못해 허락하니 옥선이 백화에게 이 말을 고하고 부인과 백화에게 절하며 작별하고 백 부인과도 작별하고 길을 떠날 때 맹세했다.

"내 능히 도적을 소멸해 조정을 맑게 하지 못하면 다시는 이곳에 이르지 못하리라."

인해 성명을 바꾸고 은신해 가니 수십 일 만에 강화부

에 이르렀다.

조정이 시름하고 서울이 어둑해 왕도의 모양이 조금도 없었다. 옥선이 흐느껴 탄식하고 여관을 정하고 머물렀다. 이때 왕이 정심에게 상서를 시키고 천하의 인재를 구하려 할 때 관청에 명령을 내려 천하의 재주 있는 선비를 모았다.

옥선이 여관에 머문 지 여러 날에 홀연 보름이 되었다. 달빛은 맑고 깨끗하며 새소리 요란해 시인의 흥을 돕는 듯했다. 뜰을 배회하며 이리저리 옮겨 다니다가 한 곳에 이르니 수목이 빽빽하게 하늘을 가린 가운데 높고 큰 누각이 즐비했다. 또 한 곳에 다다르니 복숭아꽃이 만발하고 버들가지 늘어진 가운데 거문고 소리 청아하게 나며 글 읊는 소리가 거문고 곡조에 응해 나오고 있었다. 옥선이 황홀해 달 아래를 바라보니 두 여자가 은연히 앉아 서로 희롱하고 있었다. 옥선이 귀를 기울여 들으니 거문고 곡조에 다음과 같은 글을 읊었다.

청산(靑山)은 높고 험하며 녹수(綠水)는 잔잔하고 은은하여라. 아버지 날 낳으시니 하늘 같은 덕이로다. 나 같은 풀잎 이슬 인생이 여자로 생겨나 부모의 은혜를 모르니 사람이라 이를 수 없구나! 가을바람 부는 무산(巫山) 열두 봉과 봄비 내리는 동정호(洞庭湖) 7백 리에 우리 부친은 여관의 찬 등불을 보며 고국을 그리는 마음 금할 수 없으리라. 만 리 밖 변경의 산, 험한 풍토, 기체후 만강하신지 이내 회포 연연하여 밤낮으로 슬프도다.

곡조를 이루자 글을 읊던 여자가 처량한 모습으로 일어나서 말했다.
"오늘 밤 달 밝기로, 우리 두 사람이 달빛을 구경하고자 후원에 배회하며 거문고를 희롱해 학의 춤을 구경코자 했는데 낭자는 어찌 슬픈 곡조를 연주하는가?"
그 낭자가 웃으며 말하기를,
"정 낭자는 전날의 근심을 씻은 듯이 소멸했거니와 나는 어느 때 다시 해와 달을 보겠는가?"
하고, 우는 소리가 벽옥을 철퇴로 부수는 듯했다. 옥선이 멀리 앉아 구경하다가 옥피리를 내어 그 거문고 곡조에 응해 불며 다음과 같이 노래했다.

명월(明月)은 대낮 같고 청풍(淸風)은 옛사람 같도다. 아아! 인생 세간에 근심할 일 허다하건만 부모를 근심함은 자식의 당연함이니, 남녀 분별이 있으리오? 아아 세상 벗님네야! 이내 말을 들어 보소. 남의 문중 늦게 얻은 아들로 부모 영화 다 못 보고 만 리 밖 나가시니 소식조차 아득하다. 인생 세간에 생겨나서 부모 원수 못 갚으면 자식 도리 되겠는가? 거문고 맑은 곡조 들어보니 이내 설움 한가지라. 남녀는 다르건만 설움은 같구나! 어느 날 동맹해 부모 원수를 갚으려나!

옥피리 소리가 이렇듯 청아하게 나니 두 여자가 오랫동안 듣다가 이상히 여겨 말했다.

"저 사람이 필경 회포 있는 사람이로다."

이홍릉(李紅綾)이 그리하여 큰소리로 통곡하니 정채봉(丁彩鳳)이 곡절을 물었다. 이홍릉이 울음을 머금고 대답했다.

"우리 부친이 조정에 계실 때에 장 상서와 정의가 두터워 장 상서의 아들과 혼인을 의논했더니, 이제 부친과 장 상서가 모두 귀양 가셨으니, 그 후에는 막연히 소식이 없는지라. 내 몸을 이미 장씨 가문에 허락했으니 다른 뜻은 없지만, 이제 옥피리 곡조를 들으니 제 필연 장 시랑의 아들이로다."

그리하여 통곡하며,

"장 공자는 남자의 몸이 되어 부친의 원수를 갚으련만

나 같은 천한 여자야 어찌 복수할 길 있으리오!"

하고 서러워했다.

정채봉이 붙들어 말려 말하기를,

"푸른 하늘이 무심치 않으시니 필경 때를 보아 부친을 뵙고 군자를 만날 날이 있으리니 너무 서러워 말라."

하고 붙들고 방으로 들어갔다.

옥선이 담을 넘어 들어가 초당에 들어가니 두 낭자가 외면하고 말했다.

"그대는 남자의 몸인데, 어찌 들어오는가?"

옥선이 웃으며 말했다.

"나는 곧 향기를 훔치는 나비요, 물을 찾는 기러기니, 어찌 헤아릴 바 있으리오? 이제 나의 백 년 인연과 회포를 이야기하고자 왔으니, 낭자는 이상히 여기지 말라. 나의 성은 장이요, 이름은 옥선이니 전 병부시랑의 아들이오. 그대는 이 상서의 딸이 아니오?"

그제야 이홍릉이 울며 돌아앉아 말하기를,

"나의 부친과 장 시랑은 관포지교(管鮑之交)[23]라도 미

---

23) 관포지교(管鮑之交) : 옛날 중국의 관중(管仲)과 포숙(鮑叔)의 사귐. 관중은 자신의 일생을 돌이켜보면서 자기를 낳아 준 사람은 부모이고 자기를 알아준 사람은 포숙이라 했다.

치지 못할 것이니, 이제 우리 슬프지 않겠습니까? 저의 운명이 기구해 부친을 만 리 밖에 보내고 모친을 모시고 있을 곳을 몰라 이 집에 우거하니 이 집은 곧 정 상서의 집이요, 정 상서는 우리 모친의 외종입니다. 정 상서가 우리 모녀가 살 곳이 없는 것을 불쌍히 여기셔 이다지 정성스럽게 대접하셨기 때문에 첩이 정 상서의 딸 채봉과 정의가 두터워 형제처럼 지냈습니다. 오늘 밤에 정 소저가 이끌어 후원에서 배회하다가 슬픈 마음을 금치 못해 우연히 슬픈 곡조를 이루었는데, 어찌 공자가 듣게 될 줄 알았겠습니까?"

하고 부친의 복수할 이야기를 낱낱이 했다.

이때 정채봉이 문밖으로 나가려 하니 이홍릉이 붙들어 좌정하며 말했다.

"나와 낭자는 살아도 마땅히 한가지로 살 것이오. 죽어도 또한 한가지로 죽을 지라. 어찌 이 자리를 피하는가?"

정 낭자가 화를 내며 말했다.

"낭자는 백 년 그리워하던 군자를 만나 부친 복수하기를 원하거니와 나는 어찌 이 자리에 참여하리오?"

이 소저가 웃으며 말했다.

"낭자는 예전에 《사기(史記)》를 보지 못했는가? 요임금[24]의 두 딸 아황(娥皇)과 여영(女英)[25]이 함께 순임금에게 시집을 갔으니, 예로부터 이런 법이 어찌 없겠는가?

낭자가 이제 백년가약을 맺으면, 나는 잉첩(媵妾)26)이 되기를 원합니다."

정채봉이 그제야 돌아앉아 세 사람이 상대해, 정심과 이중과 장노학이 서로 의가 좋았음을 이야기했다.

이때 이홍릉이 장옥선에게 이르기를,

"담을 넘어 상종하는 것은 성현이 크게 조롱거리로 여기시는 바입니다. 우리가 어찌 보잘것없는 소인의 행사를

---

24) 요임금 : 요(堯)를 이은 순(舜)과 아울러 '요순의 다스림'이라 해, 예로부터 중국에서는 가장 이상적인 군주로 알려져 왔다. 요의 사적(事績)은 《상서(尙書)》의 〈요전(堯典)〉이나 《사기(史記)》의 〈오제본기(五帝本紀)〉에 기록되어 있는데, 후세의 유가 사상에 의해 과도하게 미화되어 있어서 실재성은 빈약하다. 《사기》 등에 의하면 요는 성을 도당(陶唐), 이름을 방훈(放勳)이라고 한다. 오제(五帝)의 하나인 제곡(帝嚳)의 손자로, 태어나면서부터 총명해 제위에 오르자 희화(羲和) 등에게 명해 역법(曆法)을 정하고, 효행으로 이름이 높았던 순을 등용해 자신의 두 딸을 아내로 삼게 하고 천하의 정치를 섭정하게 했다. 요가 죽은 뒤, 순은 요의 아들 단주(丹朱)에게 제위를 잇게 하려 했으나 제후들이 순을 추대하므로 순이 천자에 올랐다고 한다.

25) 아황(娥皇)·여영(女英) : 요임금의 두 딸. 모두 순임금에게 시집갔다. 순이 천자가 되자 아황은 후가 되고 여영은 비가 되었다. 그 후 순이 죽자, 순을 따라 강에 빠져 죽어 상군(湘君)이 되었다.

26) 잉첩(媵妾) : 귀인(貴人)에게 시집가는 여인이 데리고 가던 시첩(侍妾). 신부의 질녀와 여동생으로 충당했다.

본받겠습니까? 이번에 정 상서가 과거 시험관의 우두머리가 되었으니 정 소저의 글을 얻어 보면 필경 등과(登科)할 것이요. 이번에 등과하는 사람은 분명 정 상서의 사위가 될 것이니, 공자가 친히 정 소저를 맞이하고 저를 잉첩으로 버리지 아니하신다면 제가 죽어도 은혜를 잊지 아니하오리다."

이때 정 소저가 책상 안에서 글 한 편을 내어주며 말했다.

"이 글을 가지고 등과해 후일에 다시 보아요."

옥선이 크게 기뻐하며 글을 받아 놓고 훗날의 기약을 단단히 맺고 나오니, 달빛이 이미 없고 햇빛이 동방에 밝아왔다.

급히 여관에 돌아와 관의 명령이 나오기를 기다리더니 햇빛이 돋아오니 관의 명령이 급하게 내려왔다. 옥선이 지필묵을 갖추어 시험장에 들어가니 과연 글의 제목이 걸려 있었다. 족제비 털로 만든 붓의 중간을 넌지시 풀어 왕희지(王羲之)[27]의 필법으로 이리저리 써서 제일 먼저 바쳤다. 정심이 글 쓴 종이를 받아 보니 충효를 겸전한 문장

---

27) 왕희지(王羲之, 307~365) : 중국 동진의 서예가. 중국 최고의 서성(書聖)으로 존경받는 인물이다.

재사(才士)였다.

곧 최고 등급으로 장원급제를 시키고 봉한 안쪽을 열고 보니 전 시랑 장노학의 아들 장옥선이었다. 그 연유를 임금께 고하니 임금이 보고 한편으로 기뻐하고 한편으로 슬퍼하며,

"내가 장노학을 쫓아낸 것을 매우 한스러워하고 있었다. 이제 그 아들이 이렇듯 잘났으니 이는 훌륭한 가문에 훌륭한 아들이 있다고 할 만하다. 내 장노학이 아들을 낳았다고 들었는데 그간 세월이 흘러 벌써 이렇듯 장성하니 어찌 기특하지 않으리오?"

하고 곧 한림학사를 제수하고 입시하라 했다.

옥선이 들어와 임금을 뵈었다. 임금이 옥선의 손을 잡으시고 울며 말했다.

"내 너를 보니 매우 부끄럽구나! 내가 용렬해 충신을 쫓아내었기에 종묘사직의 위태함이 이 지경에 이르렀으니 어찌 부끄럽지 아니하리오?"

옥선이 머리를 조아리고 감사하며 말했다.

"신이 못나 나라의 난리에 죽기를 생각지 못했으니 죄송하옵니다."

정심이 임금께 아뢰되,

"신과 장노학이 두터운 정의가 있어 목숨을 함께하기로

맹세했는데, 이제 노학의 아들을 보니 매우 기특합니다. 신에게 딸이 하나 있으니 옥선의 아내를 삼고자 합니다."

임금이 기뻐하며 즉시 허락하니 정 상서가 옥선을 데리고 집으로 돌아와 그간의 정회를 낱낱이 이야기했다.

곧 사람과 말을 준비해 옥선을 데리고 백락촌에 내려가 부인을 모셔 올라오려 하니, 옥선의 급제 잔치에 인근 고을이 울렸다. 산동에 다다르니 산동현승이 다스리는 땅의 경계까지 나와 옥선을 맞아 고을에 들어가 여러 날 머무르게 했다. 현승이 옥선을 위해 큰 잔치를 베풀고 최고의 기녀를 불러 즐겼다.

그때 산동현에 한 기녀가 있으니 성은 최요, 이름은 무연(舞鷰)이니 전 학사 최평(崔平)의 딸이었다. 최평이 죄를 얻어 죽으니 무연을 거두어 창기로 삼아 산동현에 두었다. 무연이 명가의 후예로 용모가 빼어나고 품행이 특이해 산동현의 이름난 수령마다 그 자색을 사모해 첩을 삼고자 했다. 그러나 일일이 물리쳐 듣지 아니하고, 서울과 각 읍의 한량(閑良)[28]과 협객(俠客)이 또한 만나기를 원했으

---

28) 한량(閑良) : 직첩·직함은 있으나 일이 없는 무직사관(無職事官)과 직(職)·역(役)이 없는 사족의 자제 등을 가리키는 말. 한량인(閑良人)·한량지도(閑良之徒)·한량품관(閑良品官)·한량유사(閑良儒

나, 무연이 듣지 아니하고 높은 절개를 지키고 대인군자 만나기를 원했다.

이때 현승이 잔치를 베풀어 본 군과 각 읍의 노래하고 춤추는 기녀를 부르니, 일등 기녀 수백 명이 명에 따라 구름처럼 몰려왔다. 현승과 옥선이 잔치 자리에 나가 술과 안주를 먹었는데, 이윽고 한 기녀가 들어왔다. 옥선이 눈을 들어 보니 얼굴이 출중해 여러 기생 사이에 섞이지 아니했다. 옥선이 마음으로 칭찬해 마지아니했는데 이미 너덧 잔의 술을 마시고 취한 흥을 이기지 못해 그 기녀를 불러 앞에 앉히고 가늘고 고운 손을 이끌며 물었다.

"네 이름이 무엇인가?"

기녀가 대답했다.

"천첩의 이름은 무연이로소이다."

옥선이 손을 들어 무연의 이마를 어루만지며 말했다.

"내가 예로부터 지금까지 미인이란 말만 듣고 보지는 못했더니, 오늘 너를 보니 분명히 범여(范蠡)29)가 서시

士)·한량유신(閑良儒臣)·한량기로(閑良耆老)·한산자제(閑散子弟)·무역인(無役人)·전함(前銜) 등 여러 가지 이름이 있었다. 조선 후기에는 무과 및 잡과 응시자를 가리키거나, 무반 출신으로 아직 과거에 급제하지 못한 사람의 뜻으로 사용하게 되었고, 또한 궁술의 무예가 뛰어난 사람을 가리키는 말이 되기도 했다.

(西施)30)를 배에 싣고 강호로 두루 구경하는 즐김이 이에 지나지 못하리로다."

무연이 슬픈 빛을 머금고 대답했다.

"천한 저의 운명이 기구하오나 일찍이 배운 것이 있습니다. 범연한 창기들처럼 오늘은 장씨의 처가 되고, 내일은 이씨의 며느리가 되는 것은 본받지 아니하옵니다."

옥선이 기특하게 여겨 크게 웃으니 현승이 또 웃으며 말했다.

"무연의 재질이 비범해 춤 곡조가 매우 높아 예전 한나라 조비연(趙飛燕)31)의 장상무(掌上舞)보다 낫습니다. 그

---

29) 범여(范蠡) : 중국 춘추 시대 말기의 정치가. 월나라 왕 구천을 섬겼으며 오나라를 멸망시킨 공신이었다. 이후 서시와 함께 오나라를 떠났다고 하며, 제나라로 가 재상에 올랐다. 그 후에는 도 땅에서 장사를 해 거부가 되고, 스스로 '도주공(陶朱公)'이라 칭했다고 한다.

30) 서시(西施) : 중국 월나라의 미녀. 중국의 4대 미녀로 알려져 있으며, 오나라 왕 부차에게 보내져서 오나라가 망하는 결정적인 원인이 되었다고 한다. 오나라가 멸망하고 부차에 대한 죄책감으로 강에 빠져 자살했다고도 하며 범여와 함께 제나라로 가 그곳에서 장사를 해 큰 재물을 모았다고도 전한다.

31) 조비연(趙飛燕) : 한나라 성제(成帝)의 부인. 뒤에 효성황후(孝成皇后)가 되었다. 본명은 조의주(趙宜主)였으나 '나는 제비'라는 뜻의 별명 조비연(趙飛燕)으로 불렸다. 가냘픈 몸매와 뛰어난 가무(歌舞)는 당대 최고의 찬사를 받았다. 일화에 의하면 황제가 호수에서 베푼 선상연

곡조를 알 사람이 없는지라, 그런 이유로 평생에 대인을 만나면 백아(伯牙)와 종자기(鍾子期)의 즐거움을 이루고자 하고, 또 그 품행이 비교할 사람이 없을 정도로 평범한 사람이 엿볼 바가 아닙니다."

옥선이 그 말을 들으니 정신이 황홀해 잔치를 마치게 되었다.

저녁밥이 나오니 옥선이 저녁밥을 먹은 후 달빛을 구경코자 청산을 배회했다. 홀연 무연의 꽃다운 얼굴을 생각해 사람을 보내 부르니, 무연이 명에 응해 들어왔다. 옥선이 무연을 무릎 위에 앉히고 옥 같은 손을 어루만지며 나이를 물으니 대답했다.

"16세이고 생일은 모월 모일입니다."

(船上宴)에서 춤을 추던 도중 강풍이 불어 가냘픈 몸이 바람에 날리자, 황제가 그녀의 발목을 잡아 물에 빠지는 것을 막았다. 그러나 비연은 그 상황에서도 춤추기를 멈추지 않았고 임금의 손바닥 위에서 춤을 추었다 해 '물 찬 제비' 또는 '나는 제비'라는 별명을 얻게 되었다. 이때 임금이 조비연이 물에 빠지는 것을 막기 위해 그녀의 발목을 급히 붙잡다가 치마폭의 한쪽이 길게 찢어졌는데 이렇게 찢어진 치마는 오늘날 중국 여인들의 전통 의상인 유선군(留仙裙)의 유래가 되었다고 전한다. 이후 비연은 황제가 살아 있는 10년간 호화로운 생활을 영위하다가, 황제가 죽자 탄핵되어 평민으로 전락했고 이후 걸식으로 연명하다가 자살했다.

옥선이 경탄하며 말했다.

"어찌 나이와 생월 생일이 이렇듯 같은가? 네 춤 곡조가 매우 높아 능히 알 사람이 없다 하니, 네가 능히 나의 옥피리에 응해 춤을 이루어 보겠느냐?"

옥선이 옥피리를 꺼내 한나라 사마상여(司馬相如)[32]의 〈봉구황곡(鳳求凰曲)〉[33]을 부니 무연이 기쁘게 일어나 두 팔을 높이 들어 춤을 추었는데, 곡조와 춤 법이 조금도 틀린 것이 없었다.

춤을 마친 후 옥선이 물었다.

"옥피리의 곡조를 아는가?"

무연이 웃으며 말했다.

"첩이 어찌 모르겠습니까? 이 곡조 이름은 〈봉구황곡〉이라, 예전 사마상여가 탁문군(卓文君)[34]을 보려고 그 곡

---

32) 사마상여(司馬相如) : 중국 전한(前漢)의 문인. 탁문군과의 로맨스로 잘 알려져 있다.

33) 〈봉구황곡(鳳求凰曲)〉: 중국의 사마상여가 지은 곡. 제목에서 보이는 것처럼 수컷인 봉새가 암컷인 황새를 구한다는 것으로 남녀의 애정을 노래한 것이다. 고전소설에서 남자주인공이 여자주인공에게 음악을 통해 자기의 마음을 전할 때 자주 사용되는 곡이다.

34) 탁문군(卓文君) : 사마상여가 사랑한 여자. 부호인 탁왕손의 딸이다. 어렸을 때 과부가 되었다가 사마상여를 만나 함께 도망가 살았다.

조로 노래했으니 이제 상공의 마음을 알겠습니다. 그러나 첩이 본디 최 학사의 딸로 운명이 기구해 이곳에 이르렀거니와 어찌 본뜻이 이러하겠습니까? 다만 대인군자의 아끼고 보살펴 주심을 입으면 백 년을 기약하고자 함이요, 어제 만나고 오늘 이별하는 창기는 본받지 아니할 것이요, 또 이제 상공을 뵈니 첩의 마음이 대단히 기쁘고 즐거우나, 다만 상공 같으신 군자는 한번 가까이하시다가 다시 생각지 않으시면 첩의 신세가 어찌 가련치 않겠습니까? 다만 원하건대 천한 저를 불쌍히 여기시면 저의 한 몸이 백 년을 의탁해 목숨이 다하도록 상공을 받들고, 결초보은 하려 하나이다."

옥선이 칭찬해 말하기를,

"네가 비록 창기에 이름이 있으나 명문가의 후예라 참으로 품행이 예전의 열녀도 미치지 못하리로다. 네 일신을 내게 맡길진대 내가 어찌 버리겠느냐?"

하고 그날 밤에 화촉을 밝히고 무연과 정회를 풀었다.

이럭저럭 여러 날을 머문 후에 길을 떠나려 하며 무연에게 말했다.

"내 조정에 일이 있어 몇 년 떨어져 있을 일을 생각하니 미리 근심이 되는구나!"

무연이 웃으며 말했다.

"상공이 이번 길에 천지를 진동할 것이니 잠깐 떨어짐을 어찌 한탄하겠습니까?"

인해 글을 지어 옥선에게 드리며 백 년을 의탁하는 정을 표했다.

아침 햇빛에 봄이 늦고 해그림자 더디니 날아서 오고 가는 바를 맡기도다! 붉은 턱을 열고 검은 치마를 떨치고 천천히 멀리 나니, 날개깃이 움직이도다. 비파와 거문고를 고르고 종과 북을 울리니 정은 굴러 깊고 즐거움 지탱치 못하리로다. 오직 원하건대 군자는 이로부터 억천 년이 지나도 정을 잊지 말라.

옥선이 글을 받아 무연을 이별할 때 그리운 정으로 차마 서로 놓지 못하고 다만 보중하기를 축원했다.

옥선이 백락촌에 이르러 부인을 뵈었는데 부인이 한편으로 기뻐하고 한편으로 슬퍼하며 말했다.

"네 몸이 귀하게 되어 은총이 거룩하니 하늘의 은혜에 감사하나 다만 너의 부친이 보시지 못함이 한이로다."

옥선이 백화에게 정심이 천자에게 아뢰어 혼사를 의논했던 말을 낱낱이 했는데 백화가 얼굴빛을 바꾸며 말했다.

"옛말에 했으되, 조강지처는 버리지 않는다고 했으니

그대는 생각하라."

옥선이 고해 말했다.

"제가 어찌 생각지 못하겠습니까마는 다만 정씨로 임금께 아뢰어 이미 결정되었으니 물리칠 길이 없는지라. 예전 사람도 세 부인이 있었으니, 옥선이 집안을 다스리는 도가 있는지라, 조금도 근심치 마소서."

백화가 웃으며 말했다.

"사위의 말이 옳도다."

며칠 머문 후에 옥선은 부인을 모시고 백화는 취란을 데리고 경성으로 향해 갔다. 옥선 일행의 수레와 기마, 수레에 실은 물건들이 길을 이었으니, 왕자에 비교되었다. 며칠 만에 계룡부(鷄龍府)에 다다르니 계룡부의 우두머리가 벼슬아치들을 거느리고 지역의 경계에 나와 옥선을 맞아 계룡부 안으로 들어갔다. 계룡부의 우두머리가 큰 잔치를 베풀고 옥선과 더불어 즐기더니 우두머리가 옥선에게 여쭈었다.

"한림의 높으신 재주는 천하가 흠모하는 바라. 이제 다행히 뵙게 되니 어찌 기쁘지 아니하리오?"

이에 옥선이 감사했다.

잔치를 마치고 다음 날에 부인을 모시고 길을 떠나 30리 밖에 나와 점심을 먹었다. 정현 역에 이르니 한 사람의 소년 선비가 있었는데 용모가 수려하고 얼굴이 관옥 같았다. 술집에 앉아 노래를 부르는데 옥선이 그 행색을 살펴보니 풍채가 뛰어나 세속의 사람이 아니었다.

옥선이 사랑해 주점에 들어가 좌정한 후에 소년을 청해 이야기하니 소년이 일어나 절하고 고했다.

"소생의 성은 심이요, 이름은 영입니다. 전 지주 심성(沈成)의 아들인데 일찍 부모를 여의고 의지할 곳을 몰라 계룡부중에 우거했습니다. 무슨 일이 있어 경성에 가는 길이었는데 뜻밖에 상공을 이곳에서 보게 되니 평생에 사모하던 바를 이루었습니다. 어찌 기쁘지 않겠습니까?"

옥선이 말했다.

"형의 용모를 보니 재주 또한 탁월할 것이오. 이제 난세를 당해 입신양명하기를 생각하지 아니하고 어찌 이다지 웅크려 지내는가?"

소년이 울며 대답했다.

"추한 소생이 무슨 재주가 있겠습니까마는 댕댕이덩굴도 소나무를 만나야 공중으로 올라가고 오동나무도 좋은 줄을 만나야 소리를 이루고, 준마가 있은들 백낙(伯樂)[35]

---

35) 백낙(伯樂) : 중국 주나라 때 사람. 말의 좋고 나쁨을 잘 가려냈으며 말의 병도 잘 고쳤다고 한다.

이 아니면 뉘라서 좋은 말인 줄 알며, 좋은 옥이 있은들 변화(卞和)36)가 없으면 뉘라서 좋은 옥인 줄 알겠습니까? 일찍 사람을 만나지 못해 항상 울적합니다."

옥선이 칭찬해 마지않으며 말했다.

"형은 어찌 사람 만나지 못함을 한하는가! 재주가 출중하면 사람이 절로 아는지라. 무슨 한할 바 있으리오?"

소년이 대답했다.

---

36) 변화(卞和) : 중국 춘추 전국 시대 초나라 사람. 변(卞) 지방에 사는 화씨(和氏)다. 《한비자(韓非子)》〈화씨편(和氏篇)〉에 이야기가 전한다. 화씨는 옥을 감정하는 사람이었다. 그는 초산(楚山)에서 옥돌을 발견해 여왕(厲王)에게 바쳤다. 여왕이 이를 옥을 다듬는 사람에게 감정하게 했더니, 보통 돌이라고 했다. 이에 여왕은 화씨의 발뒤꿈치를 자르는 월형에 처해 그의 왼쪽 발을 잘랐다. 여왕이 죽고 무왕(武王)이 즉위하자, 화씨는 또 그 옥돌을 무왕에게 바쳤다. 무왕이 감정시켜 보니 역시 보통 돌이라고 하는 것이었다. 그러자 무왕도 화가 나서 화씨의 오른쪽 발을 자르게 했다. 무왕이 죽고 문왕(文王)이 즉위하자, 화씨는 초산 아래에서 그 옥돌을 끌어안고 사흘 밤낮을 울었는데, 나중에는 눈물이 말라 피가 흘렀다. 문왕이 이 소식을 듣고 사람을 시켜 그를 불러 "천하에 발 잘리는 형벌을 받은 자가 많은데, 어찌 그리 슬피 우느냐?"며 그 까닭을 물었다. 화씨가 "나는 발이 잘려서 슬퍼하는 것이 아닙니다. 보옥을 돌이라 하고, 곧은 선비에게 거짓말을 했다고 해 벌을 준 것이 슬픈 것입니다"라고 말했다. 이에 문왕이 그 옥돌을 다듬게 하니 천하에 둘도 없는 명옥이 모습을 드러냈다. 그리하여 이 명옥을 그의 이름을 따서 '화씨지벽(和氏之璧)'이라 부르게 되었다.

"상공의 말씀이 지극히 정대합니다. 제가 죽기로 맹세해 상공을 따라 한 몸을 문하에 의탁해 글 쓰는 일을 하려 합니다."

옥선이 기쁘게 허락하고 소년을 데리고 길을 더 가더니 수십 리를 가다가 소년을 찾았으나 간 곳을 알 수 없었다.

옥선이 의아해 말하기를,

"제 먼저 내게 몸을 맡겼다가 이제 홀연히 아무 말도 없이 도망가니 미덥지 못한 아이로다!"

하고 그 소년에게 속은 것을 분하게 여겼다.

한편 원래 심성이라는 자는 벼슬이 함성지주에 이르고 벼슬에서 물러나 백락촌에 우거했다. 백화와 정의가 두터워 형제처럼 지냈는데, 심성이 아들이 하나도 없고 40세에 다만 딸 하나를 두었다. 딸의 이름은 앵앵(鶯鶯)이고 취란과 동갑이요, 정이 깊어 형제처럼 지냈다. 심성이 불행해 부부가 함께 세상을 떠나니 앵앵이 의지할 곳 없어 이종사촌 조정을 따라가야 했다. 취란과 서로 슬프게 이별해 후일에 다시 만나기를 기약하고 갔는데, 조정은 본래 허랑한 사람이라 천금의 재산을 탕진하고 도로에서 빌어먹고 있었다.

이때 계룡부 우두머리가 앵앵의 이름을 듣고 자색을 사모해 구슬 한 말로 조정에게 사서 부중에 두고 첩을 삼고자 했다. 앵앵이 신세가 가련하게 됨을 생각하고 낮과 밤을 눈물로 세월을 보냈다. 부의 우두머리가 좋은 날을 가려 혼례를 이루려 하니, 혼인날이 멀지 않았다. 이때 앵앵은 취란이 옥선의 부인이 되어 경성으로 간다는 말을 듣고, 마음으로 쫓고자 해 복색을 바꾸고 도망해 소흥부에 이르러 도로 여자 옷을 입고 주점에 들어갔다.

이때 취란이 부인을 모시고 주점에서 쉬고 있었는데, 앵앵이 문을 열고 들어가며 말했다.

"백 낭자는 첩을 기억하십니까?"

취란이 눈을 들어 보니 전날에 형제처럼 지내던 심 낭자였다. 둘이 서로 붙들고 한바탕 통곡하고 그간의 고락을 낱낱이 이야기할 때 앵앵이 울며 말했다.

"저는 운명이 기구해 한 말 구슬에 팔려 계룡부에서 이와 같이 되었습니다. 밤낮으로 생각해도 신세가 가련하게 되어 죽기로 작정했는데, 다행히 부인이 이곳에 오신다는 말을 듣고, 한 몸을 백 년 동안 맡기고자 왔습니다. 부인이 어여삐 여기시면 풀을 맺어 은혜를 갚고자[37] 합니다."

---

37) 풀을… 갚고자 : 결초보은(結草報恩). 결초보은 이야기는 《춘추좌씨전(春秋左氏傳)》에 전한다. 중국 춘추 시대, 진(晋)나라의 위무자(魏武子)는 병이 들자 아들 위과(魏顆)에게 자기가 죽으면 아름다운 후처,

취란이 기쁘게 말했다.

"나와 낭자는 형제의 의라도 지나지 못할 것이라. 초년에 헤어져 슬프게 여겼더니 이제 다시 만나 전날 미흡하던 정을 이으니 이는 하늘이 지시하심이라 어찌 기쁘지 아니하리오?"

그리하여 일상생활을 함께하며 길을 떠나갔다.

길을 떠난 지 며칠 후에 옥선이 취란의 처소에 가 보니 어떤 최고의 미인이 있었다. 옥선이 취란에게 물으니 대답했다.

"이 사람은 호남의 절색 심 낭자입니다. 나와 열 살 전부터 정이 두텁더니 이제 내가 이곳에 온 것을 듣고 따라오거니와 그 화려한 자태와 그윽한 부덕은 세상에 드문 사람입니다. 상공은 사모하고자 하는 마음이 없습니까?"

옥선이 웃고 외당으로 나갔다.

즉 위과의 서모를 개가시켜 순사(殉死)를 면하게 하라고 유언했다. 그러나 병세가 악화되어 정신이 혼미해진 위무자는 후처를 자살하도록 해 죽으면 같이 묻어 달라고 유언을 번복했다. 위무자가 죽은 뒤 위과는 정신이 혼미했을 때의 유언을 따르지 않고 서모를 개가시켜 순사를 면하게 했다. 후에 위과가 전쟁에 나가 진(秦)의 두회(杜回)와 싸워 위태로울 때 서모 아버지의 혼이 나와 적군의 앞길에 풀을 잡아매어 두회가 탄 말이 걸려 넘어지게 해 두회를 사로잡게 했다.

그날 밤에 주점에서 쉬었는데 옥선이 취란의 처소에 들어가니 취란은 없고 앵앵이 홀로 앉아 화촉을 밝히고 노래를 부르고 있었다. 한림이 이상히 여겨 물었다.

"어인 낭자가 이곳에 홀로 있는가?"

앵앵이 대답했다.

"저의 성은 심이요, 이름은 앵앵입니다. 계룡부에 살았는데 백 낭자와 정의가 두터워 좇아왔더니, 오늘 밤에 백 낭자가 여행의 피로에 노곤해 저에게 대신 상공을 모시라 하시기에 이곳에 기다리고 있습니다."

옥선이 그 용모와 자색을 살펴보고 기뻐하며 옥 같은 손을 이끌어 앞에 앉히고, 처음부터 끝까지 낱낱이 이야기했다. 앵앵이 글을 지어 정을 표했다.

> 버들 사이에 한 쌍의 꾀꼬리 내왕하니, 그 소리 노래 같고 또 읊는 것 같도다. 버들가지에 봄바람이 더우니 지저귀는 좋은 소리를 전하도다. 동쪽 창에 달빛의 언약이 있어 백 년 동안 사모하던 군자를 맞았도다.

한림이 글에 화답하고 두 사람이 백 년의 인연을 깊이 맺고 밤을 지냈다.

취란이 일어나 옥선을 뵙고 말하기를,

"상공이 또 미인을 얻으셨기로 하례하나이다."

하고 옥선과 앵앵으로 더불어 못내 즐거워했다. 날이 이미 밝으니 옥선이 앵앵을 그윽이 보다가 웃으며 말했다.

"심 낭자에게 형제 있도다. 지난날 정현 역에서 만났던 심생이 낭자의 아우가 아닌가?"

앵앵이 대답했다.

"첩이 본디 남의 무남독녀이니 어찌 아우가 있겠습니까?"

옥선이 괴이해 탄식하며 말하기를,

"세상에 같은 사람도 있도다. 성도 같고 얼굴도 같으니 어찌 이상치 않겠는가?"

하고 자세히 보더니 다시 웃으며 말했다.

"그대 심성의 딸이 아닌가?"

심 낭자가 대답해 말했다.

"그렇습니다."

한림이 말했다.

"낭자는 어찌 그다지 나를 속이는가?"

앵앵이 다시 일어나 절하고 사례하며 말했다.

"제가 상공을 속였으니 죄상이 만 번 죽어도 아깝지 않으나 본디 속이려는 것이 아니라, 저의 자초지종을 자세히 고하겠습니다. 제가 본래 명문가의 후예로 일찍 부모를 여의고 이종사촌 조정에게 의지했습니다. 신세가 기구해 구슬 한 말에 계룡부의 우두머리에게 팔려 가서 혼인할 날이 멀지 않았었습니다. 아무리 생각해도 계룡부에 가는 것은 제가 급박해 어쩔 수 없어서였습니다. 또한 부 우두머리의 범절을 보니 참으로 제가 원하는 바가 아니었습니다. 그러나 새장 안에 갇힌 새와 같아 해와 달을 볼 길이 없더니, 지난번 부의 우두머리가 잔치를 베풀었을 때 제가 주렴 사이로 상공의 위엄을 엿보았습니다. 참으로 제가 흠모하던 바라 마음에 흡족해 곧 따르고자 한들 궁의 문이 깊어 나올 길이 없기에 남자의 옷을 입고 부 우두머리의 천리마를 훔쳐 타고 정현 역에 와 상공을 뵌 것은 상공의 의향을 몰라 뜻을 보려고 함이었습니다. 제가 본래 백 낭자와 한집에서 자라나서 형제의 정이 있기에 상공을 모시게 되었습니다. 엎드려 바라옵건대, 상공은 저의 죄를 용서하시고 특별히 불쌍히 여기시면 그 은혜 백골이 되어도 잊지 못할 것입니다."

옥선이 크게 웃으며 말하기를,

"낭자가 무슨 죄라 하리오?"

하고 두 낭자를 데리고 떠났다. 수삼일 후에 경성에 다다르니 이때 정심이 집을 크게 건축하고 옥선이 오기를 기다렸다. 옥선 일행이 들어가니 가산이 풍족했다. 정심이 좋은 날을 가려 혼례를 올리려 할 때 옥선이 고해 말했다.

"제가 부친이 계실 때에 이 상서의 낭자와 혼사를 말씀하셨습니다. 이 소저가 난리로 떠돌 때 백 주부의 은덕을 많이 입어 이미 그의 사위가 되었으니 이 상서에게 큰 죄인이 되었습니다. 어찌하면 좋겠습니까?"

상서가 웃으며 말했다.

"그대의 말이 참으로 옳도다. 이 상서의 딸은 내 고종사촌 누이의 딸이라. 제 평생 말하되 부모가 이미 장씨 가문에 허락했으니 죽어도 다른 사람을 좇지 아니한다 하기로 내 여식과 한가지로 그대의 수건과 빗을 받들게 하려 했다. 이제 백 낭자를 이미 취했다 하니 옛사람도 세 부인을 두었으니 조금도 이상히 여기지 말고 혼사를 의논하라."

한림이 그 말을 부인께 고하니 부인이 말하기를,

"정 상서가 그렇게 요청하니 어찌 약속을 저버리겠는가? 다만 이 상서의 딸을 취하면 네 부친의 말씀을 어기지 않게 되니 그 일이 다행이구나!"

하고 허락했다. 옥선이 부인의 말씀을 정심에게 고하니, 상서가 크게 기뻐하며 곧 좋은 날을 가려 기러기를 올려놓고 혼례할 때, 정 낭자 채봉과 이 낭자 홍릉을 한 줄로 세우고 한림이 마주 서서 혼례 하는 모양이 견우와 직녀가 서로 만나 월궁에서 노니는 듯했다. 혼례를 마치고 신방을 차려 세 사람이 마주 앉으니 그 용모의 화려함과 자색의 아름다움을 이루 다 기록할 수 없었다. 세 사람이 서로 전날의 미흡하던 인연과 훗날을 두고 언약하던 말을 낱낱이 이야기했고 옥선과 홍릉은 부친이 보시지 못하는 한을 한탄했다. 채봉이 글을 지어 옥선에게 주었다.

> 단산에 봉황이 모여 노니니 화목한 소리로 서로 화답하도다. 복사꽃은 흐드러지고 잎새는 간드러지니 달이 서쪽 하늘에 안온하고 밤은 중간이 못 되었도다.

글 읊기를 마치자, 홍릉이 또 이어 글 한 편을 지었다.

> 장부의 한 번 허락이 천금보다 중한지라. 아름다운 시기에 이르러 낭군을 맞아 이르렀도다. 먼저는 허락을 중히 여기고 후에는 맹세를 중히 여겼도다. 천 리 밖 변경의 어버이를 생각하니 좋은 기약이 전혀 아름답지 못하도다.

옥선이 두 낭자의 글을 읊고 그날 밤을 지낸 후 며칠 후에 궐 안에 들어가 임금을 뵈었다.
임금이 사랑해 한림의 손을 잡고 말했다.

"사방에 도적이 크게 일어나고 충신은 멀리 있으니, 어찌하면 주육을 베어 도적을 멸하고 충신을 소환해 정치를 도와 종묘사직을 안녕케 하고 생령의 일을 편안케 할꼬?"

옥선이 울며 아뢰었다.

"신의 부자가 임금의 망극한 은혜를 입고 털끝만큼도 갚지 못하니 그 죄가 죽어도 아깝지 않습니다. 엎드려 바라옵건대 성상은 신에게 군사 2만과 상방검(尙房劍)38)을 빌려주시면 신이 죽기로 맹세해 도적의 머리를 베어 대궐 앞에 바치고 백성을 편안케 하고 부친을 데려와 조정을 돕게 하겠습니다."

임금이 그 말을 들으시고 탄식하며 말했다.

"네 말을 들으니 충절이 장하도다. 그러나 16세 된 아이가 어찌 전쟁에 나가겠는가? 너도 남의 집 귀한 자식이라. 어찌 몸을 생각지 아니하느냐?"

한림이 다시 아뢰기를,

"신이 비록 나이가 어리나 몸을 이미 국가에 버렸으니

---

38) 상방검(尙房劍) : 대장군 혹은 대원수가 되어 출전할 때 임금이 하사했던 칼. 상방보검(尙房寶劍)이라고도 한다. 임금의 권위를 상징해 부하나 군졸 등이 명을 거역할 때 임금에게 보고하지 않고 그들의 생사를 마음대로 할 수 있는 권위를 지닌 칼이다.

어찌 사사로운 정을 돌보겠습니까? 성상의 덕을 입어 한 길을 빌려주시면 신이 국가의 성덕을 갚겠습니다."

하고 굳이 간청했다. 임금이 그 뜻을 장하게 여겨 허락하고 정예병 2만을 내어 군량과 마초를 많이 준비하고 옥선으로 육도의 대도독, 삼군의 도원수를 시키고, 도위대장 최영과 유군장군 이홍으로 부하 장수를 삼아 군사를 총괄해 주육과 철강을 치라 했다.

옥선이 명을 받고 황제의 은혜에 머리를 조아리며 사례하고 돌아와 부인을 뵈니, 부인이 매우 놀라 말했다.

"네 아직 강보를 벗어나지 못한 아이라. 만 리의 출전이 어인 일인고? 네 부친의 생사를 몰라 밤낮 근심했더니, 네 이제 또 출전한다는 말이 어인 말인고?"

이렇듯 슬퍼하니 옥선이 위로해 말하기를,

"대장부가 나라를 위해 난리를 평정하지 못하면 어찌 인간이라 하오리까? 조금도 근심치 마소서."

하고 취란, 채봉, 홍릉, 앵앵을 청해 이별했다. 이때 정상서와 백 주부가 기별을 듣고 한편으로 기뻐하고 한편으로 슬퍼한들 어찌할 수 있으리오? 장옥선이 군사를 거느리고 부인에게 하직하고 길을 떠났다. 장옥선의 출전과 그 이해(利害)가 어찌 되었으며 옥선의 생명이 어찌 되었는지는 다음 권을 자세히 보라.

제4장
세 번 싸워 도적의 진을 격파하고,
오야에 또 미인을 얻다
三戰破賊陣, 五夜迎美人

한편 장옥선이 부인과 상서 앞에서 하직하니 부인이 옥선의 손을 잡고 울며 말했다.
"우리 내외가 늦게야 너를 낳아 금지옥엽처럼 사랑했더니, 불행히 너의 부친이 멀리 있어 혼인하는 것도 보지 못하고 입신양명해 벼슬 지위 높은 것도 못 보고, 만 리 밖 변경의 산에 서로 막혀 통하지 못하는 일을 생각하며, 목이 막혀 밤낮 눈물로 세월을 보냈다. 그래도 늙은 몸이 죽지 않고 지금껏 살아 자식 하나를 장성시켜 입신양명하기를 기다렸다. 네가 이미 장군이 되어 부모에게 영화를 보이기는 고사하고 늙은 어미를 멀리 떨치고 떠나게 되니, 너의 이번 길에 다시 보기를 기약하지 못할 것이다. 어찌 슬프지 않겠느냐?"
옥선이 부인을 위로해 말했다.
"소자가 이번 길에 도적을 쳐서 멸해 큰 공을 세우고 부친을 모시고 돌아오면 어찌 좋지 않겠습니까?"

이리하여 하직할 때 부인과 정심이 서로 보중하기를 축원했다.

이때 원수가 궐 안에 들어가 임금께 하직했는데, 임금이 친히 말고삐를 이끌어 궐문 밖까지 인도하고 말했다.

"사직의 안위와 생령의 존망이 경의 한걸음에 달렸으니 부디 조심해 큰 공을 이루고 천추만세에 이름을 드리우게 하라."

옥선이 일어나 두 번 절하고 황제의 은혜에 감사하고 나아갔다.

옥선이 2만 대군과 스물네 명의 장수를 거느리고 호산과 영주 등지에 다다르니, 이때 주육이 철강을 선봉대장으로 삼고 완산(完山)에 웅거해 도읍을 정하고 있었다. 주육은 장옥선이 대군을 거느리고 완산부로 내려온다는 말을 듣고 철강에게 말했다.

"내 들으니 삼군대원수는 장노학의 아들 장옥선이라 하니 옥선의 재주는 어릴 때부터 이름이 장했다. 내가 장군에게 일찍 죽여 후환을 제어하라 했더니 어찌하여 제어치 못하고 지금껏 살려 두었다가 이렇듯 후환을 당하게 하는가?"

철강이 고해 말했다.

"장군께서는 천기를 모르십니다. 이제 천기를 살펴보

니 복덕성(福德星)이 송악산에 비친지라. 필경 중흥할 시대가 된 듯합니다. 또한 장옥선은 하늘이 낸 사람이라, 만일 하늘이 내지 아니했으면 어찌 미리 알고 피하겠습니까? 아마도 우리 운명이 위태로울 겁니다. 그러나 죽기로 힘써 한번 싸움을 결단해 보겠습니다."

주육이 이 말을 듣고 웃으며 말했다.

"장군은 어찌 요망한 말을 하는가? 이제 나도 천명에 응해 제왕의 지위에 올랐으니, 호남 세 부의 땅이 이미 나의 것이 되었고 인심이 다 내가 천하 통일하기를 기다리니 어찌 조금인들 위태할 게 있으리오? 천명은 항상 한 사람만 돕는 것이 아니니 어찌 고려왕만 도울 이치가 있겠는가? 여러 장수는 조금도 근심하지 말고 장옥선 잡을 계책에 힘쓰라."

군중으로부터 신장은 9척이요, 수염은 우뭇가사리 같고 붉은 얼굴 푸른 머리털에 눈가가 찢어진 위엄 있는 한 장수가 자리에서 나와 아뢰었다.

"소장에게 군사 5만을 빌려주시면 장옥선을 곧 사로잡아 장군의 근심을 덜겠습니다."

군중이 다 장하게 여겨 자세히 보니 영주의 명장 황렵(黃獵)이었다. 주육이 반겨 손을 잡고 칭찬하기를,

"장군의 말이 실로 염파(廉頗)[39]와 이목(李牧)[40]보다

나을 것이라."

하고 돌아보며 철강에게 말했다.

"내 슬하에 첫째는 장군 같은 위엄이 있고, 둘째는 황렵 같은 용맹이 있으니 내 무슨 걱정이 있으며, 옥선같이 조그마한 아이가 제아무리 지략이 있은들, 황렵의 손을 어찌 벗어나리오? 불쌍하다! 장노학은 만리타국의 신세로 다 죽게 되고 스무 살도 못 된 제 자식은 우리 진중에 들어와서 이슬 같은 목숨을 풀잎 치듯 베일 터이니, 어찌 불쌍치 않으리오?"

이렇게 노닐 때 모사인 적진이 여쭈었다.

"장군은 너무 즐기지 마시고 군사나 살펴보오. 즐기는 끝이 위태하오."

주육이 이 말을 듣고 크게 노해 말했다.

"조그마한 아이놈이 감히 대장의 뜻을 거스르니 빨리 죽이라."

---

39) 염파(廉頗) : 춘추 전국 시대 조나라의 명장. 노년의 나이에도 불구하고 젊은 장군 못지않은 완력을 보여 《삼국지연의》의 황충과 함께 중국의 대표적인 노익장의 상징으로 여겨진다.

40) 이목(李牧) : 춘추 전국 시대 조나라의 명장. 연나라 · 진나라와의 전투에서 큰 공을 세웠으나 진나라의 이간책으로 위나라에서 일생을 마쳤다.

철강이 여쭈었다.

"적진의 말이 옳은데, 어찌 모사를 죽이리오? 또 장차 행군할 터인데 사람을 죽이는 것은 과히 상서롭지 못한 징조이니 장군은 용서하소서."

주육이 어쩔 수 없어 적진을 옥에 가두었다. 이때 옥선의 삼군이 완산부에 다다르니 군령이 엄숙하고 항오가 정제했다. 격서를 지어 주육에게 보냈다.

  대 고려조의 삼군대원수 장옥선은 만고의 역적 주육, 철강에게 글을 지어 보내노라. 난신적자가 어느 때에 없겠는가마는 너희 놈들은 천은을 망극하게 입어 직위가 높은 놈들이다. 밤낮을 생각해도 천은 갚을 겨를이 없을 것이거늘 무도한 너희 놈이 감히 불측한 마음을 먹어 황제의 자리를 도모하고자 하도다. 이제 너의 죄상을 헤아리건대 다섯 가지가 있다. 네가 천은을 무겁게 입어 갚기는 고사하고 도리어 반역할 마음을 먹으니 그 죄 하나요, 천하의 군사를 모아 임금을 겁박해 도적에게 항복하라 해 종묘사직이 위태하고 백성이 도탄에 빠지니 그 죄 두 가지요, 네가 뜻을 방자히 해 무죄한 충신들을 먼 곳으로 쫓으니 그 죄 세 가지요, 네가 철강과 함께 도모해 군사를 보내어 우리 모자를 해하고

자 하니 그 죄 네 가지요, 이제 내가 황제의 명을 받아 군사를 거느리고 이 땅에 임했는데도 네가 빨리 나와 항복하지 아니하니 그 죄 다섯 가지다. 너의 한 몸에 천지간의 다섯 가지 큰 죄를 입고서 어찌 살기를 바라겠는가? 빨리 나와 목숨을 바쳐라. 내 이미 상방참마검(尙方斬魔劍)을 가지고 기다리고 있노라.

주육이 글을 보고 노기가 하늘을 찌를 듯해 말하기를,
"요망한 아이놈이 감히 어른을 욕하니 그 죄상은 만 번 죽어도 아깝지 않으리라."
하고 곧 황렵을 불러 말했다.
"내 이제 개돼지 같은 아이 놈에게 더할 것 없는 욕을 당했으니 장군은 급히 나가 옥선의 머리를 창끝에 꽂아 설욕하라."
황렵이 명을 받고 왼손에는 3척의 장검을 들고 오른손에는 3백 근의 철퇴를 들고 자운마(紫雲馬)를 추켜 타고 나왔다.
옥선이 황렵이 나오는 것을 보고 웃으며 말했다.
"너의 신세 무상하도다! 내 칼에 죽는단 말인가!"
말을 다 하자마자 황렵이 함성을 지르며 말했다.
"너 이놈! 조그만 아이놈이 감히 어른과 겨루니 참으로 하룻강아지가 맹호를 두려워하지 않는 격이로다!"

옥선이 이 말을 듣고 분한 기운이 등등해 벽력같은 소리를 우레같이 질러 말했다.

"네가 만고의 역적 주육을 섬겨 감히 충신을 해하고자 하니 어찌 하늘이 무심하시리오? 이놈! 빨리 나와 목 늘여 칼 받아라."

이에 황렵이 분을 이기지 못해 좌우로 충돌하며 나왔다. 옥선이 맞아 싸울 때 3합이 못 되어 철궁에 화살을 먹여 들고 황렵을 향해 한 대를 날리니 화살이 나는 듯이 들어가 황렵의 왼팔을 맞추었다. 황렵이 놀라며 삼척장검이 땅에 떨어지고 몸이 뒤집어져 말에서 떨어져 땅에 굴렀다. 황렵의 군사가 그 광경을 보고 매우 놀라 급히 꽹과리를 쳐서 군사를 거두고 황렵을 구원해 붙들고 진중으로 들어가니 원수가 하릴없이 한걸음에 쫓아가 자운마를 뺏어 진중으로 돌아왔다.

원수가 승전하고 돌아오니 부장 이홍 등이 여쭈었다.

"장군이 연소하시고 또 기질이 약하신데 어찌 활을 잘 쏘십니까?"

원수가 웃으며 말했다.

"어찌 잘 쏜다고 하겠소? 내 일찍 활 쏘는 법을 배웠기로 대강 짐작하거니와 칼 쓰는 법은 배우지 못했소. 만일 짧은 병기로 접전하는 곳을 만나면 어찌 성공하기를 바랄 수 있겠소?"

이때 햇빛이 이미 저물고 달빛이 참으로 좋았다. 군사를 물리고 진루 위에 촛불을 밝히고 홀로 앉았는데, 난데없는 기러기 한 쌍이 울면서 진중으로 날아갔다. 원수가 마음에 이상하게 여겼으나, 진중은 고요하고 달빛이 희미했다. 장막의 문이 열리거늘 원수가 놀라서 보니, 한 사람의 소년 명장이 황금 투구에 자주색의 은 갑옷을 입고 신장은 7척이요, 안색은 화려한데 7척 장검을 빼어 들고 은은하게 서 있었다. 장옥선이 다시금 살펴보니 서릿발 같은 칼 빛이 구름을 희롱했다. 지긋이 보다가 생각하되,

'제 필연 자객이라, 해하고자 온 사람이로다. 그러나 군진이 엄숙하고 대오가 분명한데, 제 나는 새의 몸이 아니거든 어찌 이곳에 들어왔는가?'

하고 수만 가닥으로 의아해 물어 말했다.

"장군은 어떤 사람인데 밤 깊은 삼경(三更)41)에 진중에 들어왔는가?"

그 장수가 두 눈을 부릅뜨고 꾸짖어 말했다.

---

41) 삼경(三更) : 자시(子時). 즉 밤 11시~1시 사이에 해당한다. 가장 깊은 밤이다.

"나는 비호대장이다. 주 장군의 명을 받아 장군을 해하고자 왔거늘, 장군은 어찌 편안히 앉았는가?"

장옥선이 그 말을 들으니 정신이 없어 천지가 아득했다. 소리를 질러 꾸짖어 말했다.

"나는 천자의 명을 받아 역적을 치러 왔으니 어찌 왕의 교화에 감화치 않을 자 있으리오? 천하의 풀 한 포기 나무 한 그루가 다 비와 이슬 같은 천자의 은택으로 자라나거늘, 만고역적 주육은 은혜를 저버리고 역모를 저질렀으니, 내 그놈의 목을 베어 우리 임금님의 근심을 덜고자 하노라. 어찌 죽기를 두려워하겠는가?"

그제야 그 장수가 칼을 땅에 던지고 웃으며 말하기를,

"장군은 부질없이 놀라지 마시고, 내 말을 들어 보시오."

하고 앞에 가까이 앉거늘 옥선이 기뻐하며 손을 이끌어 서로 오래 알던 사이처럼 반겨 즐기고 술을 내와서 서너 잔 먹은 후 말했다.

"장군의 후한 덕을 입어 죽을 목숨이 살았거니와 연고를 알지 못해 답답하니, 말씀을 아끼지 말고 의아한 마음을 시원케 해 주십시오."

그 장수가 웃으며 고했다.

"저는 남자의 몸이 아니요, 곧 여자의 몸이라. 성은 유(劉)요, 이름은 춘매(春梅)입니다. 전 호산현령 유화(劉

和)의 딸이더니 운명이 기구해 일찍 부친을 여의고 모친을 모시고 지리산에 들어가 태을도사를 만나 공부했습니다. 도사의 말씀이 너는 칼 쓰는 법을 배워 훗날 대장부를 만나 후세에 이름을 전하라 하셨기에 칼 쓰는 법을 대강 배웠습니다. 어제 선관이 또 말씀하시기를, 지금 만고의 충신이 역적과 싸워 내일 승부를 결단할 것이니 바삐 나가 구원해 큰 공을 이루고 연분을 정하라 하시기로 이곳에 왔습니다. 아까 잠깐 장군을 속임은 장군의 기운을 보고자 함이니 장군은 조금도 의심치 마시고 의지할 곳 없는 인생을 불쌍히 여기소서."

옥선이 그 말을 들으니 '태을'이라는 말이 가장 괴이했다.

'내 칼 쓰는 법이 익숙하지 못해 필경 태을선관이 불쌍히 여기셔서 이 사람을 보내심이다.'

생각하고 크게 기뻐하며 유 낭자의 손을 잡고 백년가약을 의논했다. 투구와 갑옷을 벗고 보니 속에는 구름안개 같은 의상과 금과 옥으로 된 패물의 광채가 선명하고, 얼굴을 다시 보니 아름다운 눈썹과 달 같은 몸매, 꽃 같은 얼굴이 천고에 드문 미색이었다. 옥선이 크게 기뻐해 이 날 밤에 진루에서 백년가약을 이루었다. 칼과 창으로 화촉을 삼고 갑옷과 투구로 관과 예복을 삼아 두 사람이 즐기는 모양이 천고에 드문 일이었다.

이럭저럭 아침 햇빛이 밝아 왔다. 군사를 점고할 때 모든 장수들이 보니 어떤 한 명장이 있었다. 이영이 여쭈었다.

"원수 곁에 있는 장수는 누구십니까?"

옥선이 웃으며 말했다.

"이는 나의 친구라. 이별한 지 10여 년에 오늘에야 다시 만났도다."

장수들이 서로 돌아보며 이르기를,

"어제 군사의 대열이 엄숙해 나는 새라도 들어오지 못했을 것인데 저 장수는 어찌 들어왔는가?"

하며 이상하고 기괴해 서로 감탄했다.

옥선이 춘매에게 들어온 곡절을 물으니 대답했다.

"제가 일찍이 도사에게 하늘을 나는 술법을 배워 세 길 위는 날 수 있습니다."

원수가 칭찬하며 말했다.

"그대는 선인이라, 어찌 세상 사람이 당할 수 있으리오?"

이날 아침을 지내고 군진을 다시 정제해 싸움을 돋우었다.

이때 황렵이 패전해 돌아가니 주육이 근심하며 말했다.

"내 황렵을 천하 명장으로 믿었는데 이번 싸움을 보니

장옥선이 명장이라 하리로다. 어찌하면 옥선을 사로잡아 황렵의 원수를 갚을까?"

이때 황렵이 장막 아래에 누웠다가 그 말을 듣고 분기에 차 벌떡 일어나 갑옷과 투구를 입고 장검을 집고 나오며 대답했다.

"한번 이기고 한번 지는 것은 군대에 늘 있는 일이라. 어찌 한번 패함을 부끄러워하겠는가? 내 오늘은 죽기로 힘써 옥선의 머리를 얻어 돌아오겠습니다."

주육이 허락하거늘 황렵이 군사를 거느리고 나오며 함성을 질렀다. 이때 춘매가 진중에 있다가 황렵이 나옴을 보고 원수에게 고했다.

"저에게 한번 싸우게 해 주신다면 곧 황렵의 목을 베어 돌아오겠습니다."

옥선이 칭찬하며 말하기를,

"그대의 재주를 내 이미 아니 황렵을 죽이기는 다가올 일이거니와 그대의 한 몸을 어찌 만진(萬陣)의 군대 가운데에 들여보내겠는가?"

하고 갑옷과 투구를 떨치고 활과 화살을 갖추어 군사를 만 명으로 나누어 두 길로 침범했다. 황렵이 말을 채찍질해 나오거늘 옥선이 활을 쏘니 황렵의 귓가로 화살이 지나며 그가 넋을 잃게 했다. 춘매가 이때를 타 7척 장검을 번득이며 소리를 질러 말했다.

"역적 장수 황렵은 목을 늘여 칼을 받아라."

황렵이 그 함성에 넋을 잃어 말을 채찍질해 진으로 돌아가려 하니, 춘매가 또 소리를 질러 말했다.

"쥐 같은 황렵아! 도망 말고 게 있거라. 나는 지리산 여장군 유춘매이니 내 명성을 들었느냐?"

황렵이 도망할 때, 춘매가 달려들어 칼 빛이 번득하며 황렵의 머리가 땅에 떨어졌다. 춘매가 머리를 칼끝에 꽂아 들고 만진 가운데를 거리낌 없이 다니며 좌우로 충돌하니 도적의 진세가 추풍낙엽 같았다. 춘매가 황렵의 머리를 가져가 장옥선 앞에 바치니 옥선이 춘매의 손을 잡고 말했다.

"낭자가 비록 여자의 몸이라도 장수의 지략과 재주와 슬기는 옛 명장도 이에 지나지 못할 것이로다."

가득한 군중들이 치하하는 소리가 무성했다.

이때 주육이 황렵이 죽는 것을 보고 크게 겁내어 여러 장수를 모아 의논할 때, 철강이 장창과 대검을 들고 썩 나서며 고했다.

"소장이 나가 옥선과 여장군의 머리를 취해 오겠습니다."

주육이 허락하니 철강이 여러 장군과 군졸을 모두 이

끌고 나왔다. 춘매가 바라보고 또 말을 타고 나가기를 청하니 옥선이 말하기를,

"어찌 낭자에게 두 번의 수고를 시키겠는가?"

하고 자운마를 추켜 타고 나는 듯이 싸웠다. 몇 합이 안 되어 철강이 칼을 들어 옥선을 치려 하거늘 옥선의 손이 번득하며 3백 근 철퇴 내려지는 소리가 천지에 진동하고 산천이 움직이며 철강의 몸이 조각조각 박살 나 형체가 없었다.

옥선의 여러 장수가 승전고를 울리고 진중을 거리낌 없이 다니더니, 어느덧 춘매가 대검을 비껴들고 소리를 지르면서 적진 가운데 달려들어 동으로 번쩍 동쪽 장수를 베고 서로 번쩍 서쪽 장수를 베었다. 적진이 놀라 겁을 먹고 모두 창을 거꾸로 잡고 달려와 항복했다.

옥선이 모두를 안정시켜 어루만지고 주육의 병영 문에 다다르니 적진 등 여러 장수가 주육을 결박해 옥선의 앞에 들이거늘 옥선이 주육을 잡아들여 문초하고 곧 경성으로 올려보내 장안 큰길 위에 효수해 참형에 처했다. 장안의 신하와 백성들이 상쾌히 여기지 않는 이 없고 혹은 혀도 잘라 먹고 고기도 베어 먹었다.

옥선이 그 길로 대군을 돌려보내고 춘매와 날랜 군사 천 명을 거느리고 진 안으로 들어가 이중의 처소를 찾아갔

다. 이때 이중이 유배지에 홀로 앉아 신세를 한탄하더니, 난데없는 한 소년 명공이 들어오면서 그 앞에 공손히 두 번 절했다. 이중이 놀라 일어서서 맞이하고 인사를 마치며 자리에 앉은 후 이유를 물었는데, 옥선이 고해 말했다.

"빙장(聘丈) 어른께서는 저를 모르십니까? 저는 장옥선입니다."

하고 전후의 이야기와 아내 얻던 일을 낱낱이 이야기했다. 이중이 원수의 손을 잡고 한편 기뻐하고 한편으로 슬퍼하며 말했다.

"이 어쩐 일인가? 사위가 아니었다면 어찌 국가의 사직이 유지되었을 것이며, 늙은 이 몸이 살아 돌아가기를 어찌 기약했으리오?"

이렇듯이 반기고 이야기했다. 옥선이 여쭈되,

"유배는 이미 풀려나게 되었으니 청컨대 먼저 올라가십시오. 저는 부친을 찾아 모시고 올라가겠습니다."

하고 장계를 올려 임금께 연유를 고했다. 이중이 곧 길을 떠나 경성에 다다라 궐 안에 들어가 옥선의 장계를 올렸다. 임금이 상서의 손을 잡고 못내 반기고 옥선의 재주를 칭찬했다.

제5장
한 합에 도적의 당류를 멸하고,
8년 만에 비로소 부친을 뵈도다
一合滅賊黨, 八年謁嚴親

　　장옥선이 그 길로 탐라국을 향해 갈 때 신안(新安) 땅에 이르니 적의 무리가 고을에 웅거해 있었다. 그 적장의 이름은 막쇠(莫衰)니 힘이 산을 뽑을 만하고 용모가 영특했다. 주육의 명령을 받아 신은에 진을 쳤더니 주육이 죽었다는 소식을 듣고 군사를 이끌고 오는 길이었다. 장옥선과 만나 싸우려 했는데, 막쇠가 말을 채찍질해 큰 칼을 비껴들고 함성을 지르며 나왔다. 옥선이 외쳐 말했다.

　　"너의 장수가 이미 내 칼에 죽은지라. 네 어찌 살기를 도모하리오?"

　　이렇듯 분분할 때 춘매가 말을 달려 칼을 휘두르며,

　　"이놈 막쇠야! 목을 늘여 칼을 받아라!"

　　외치는 소리에 막쇠가 넋을 잃었다. 7척 장검이 번쩍하며 막쇠의 머리가 땅에 떨어지거늘 춘매가 칼끝에 꽂아 들고 승전고를 울리며 돌아왔다. 옥선이 손을 잡아 위로하고 곧 장계를 올려 그 연유를 아뢰고 일행은 탐라로 향했다.

한편 옥선은 길을 떠나 수십 일 만에 탐라에 다다르니 슬픈 마음을 금하지 못했다. 곧 장노학의 유배지를 찾아가니 노학이 없었다. 옥선이 놀라 물었는데 주인이 말했다.

"상공이 가끔 흥을 타서 고기 낚기로 날을 보내더니 며칠 전에 청계강으로 가 지금껏 돌아오지 아니했습니다."

옥선이 곧 청계강으로 찾아가니 흰 모래는 10리에 이어 있고 푸른 물은 천 길이나 날뛰며 솟아오르는데, 한 어옹이 푸른색의 떨어진 삿갓과 초록색 도롱이 차림으로 강가에 앉아 있었다. 옥선이 뛰어 내려가 보니 과연 노학이었다. 옥선이 절하고 엎어져 통곡하니 노학은 곡절을 모르고 놀라서 말했다.

"어떤 상공이 무슨 일로 이렇게 서러워하시는가? 말씀이나 해 보시오."

옥선이 일어나 절하고 여쭈되,

"소자 옥선을 모르시겠습니까?"

노학이 이 말을 듣고 두 손을 붙들고 울며 말하기를,

"옥선이라는 말이 무슨 말인가? 꿈이냐 생시냐? 옥선이 왔단 말이 웬 말이냐?"

하며 한바탕 통곡했다. 옥선이 붙들고 위로해 유배지에 돌아와 밤을 밝혀 이야기했다.

처음 난리를 만나 모자가 피난해 백락촌에 가서 아내

를 얻은 일과, 경성에 들어가 과거에 급제해 모친을 모셔 올라가고 또 정심과 이중의 사위가 된 일, 완산부의 도적과 싸울 때 춘매를 만나 성공하던 일, 이중을 찾아 올려 보내던 일을 낱낱이 고했다.

노학이 등을 어루만지며 말했다.

"나의 옥선이 이렇듯 장부가 되었으니 어찌 기특하지 않겠는가?"

이때 춘매가 들어와 노학을 뵈니 노학이 칭찬하며 말했다.

"어진 며느리가 장부를 도와 큰 공을 이루니 어찌 기특하지 않겠는가?"

그날 밤을 지낸 후에 옥선이 노학을 모시고 길을 떠나 경성으로 향해 산동현에 이르렀다.

이때 최무연이 상공을 이별한 후에 밤낮으로 만나기를 생각하더니 옥선이 큰 공을 이루고 장노학을 모시고 경성으로 향한다는 소식을 듣고 큰 잔치를 차려 놓고 기다렸다. 옥선의 일행이 산동현에 이르러 숙소를 정할 때 무연이 크게 기뻐하며 들어와 옥선과 기쁘게 만나 그간의 정회를 이야기하고 노학을 뵈었다. 장노학이 또한 사랑해 마지아니했다.

이튿날 무연을 데리고 길을 떠나 수십 일 만에 경성에

다다랐다. 이때 임금이 옥선이 돌아왔다는 소식을 듣고 태평하게 됨을 축하하는 잔치를 베풀고 친히 남문 밖에 거동해 옥선을 맞이했다. 원수가 임금을 뵙고 네 번 절한 후에 임금의 은혜를 사례하고 만만세를 부르니, 임금이 원수의 손을 잡고 위로하며 말했다.

"천하가 도탄에 빠졌으매 경이 아니었다면 사직을 어찌 보존했으리오? 16세 아이가 이렇듯 성공함은 천고에 드문 일이로다."

못내 칭찬하고 그날로 옥선을 데리고 궁에 돌아가서 노학을 불러 손을 잡고 위로해 말했다.

"짐이 불민해 경으로 하여금 먼 곳에서 고생케 했는데, 이제 경을 보니 참으로 부끄럽도다."

시랑이 머리를 조아리며 황제의 은혜에 사례하며 말했다.

"천자의 은혜가 망극해 죄가 무거운 신의 몸이 살았으니 어찌 황송하고 감격스럽지 아니하겠습니까? 신의 자식 옥선은 나이 어리고 철이 없는 어린아이인데 황상의 넓으신 복으로 천하를 평정하니 국가에 아주 다행한 일입니다."

임금이 옥선의 공을 칭찬하며 말했다.

"시랑의 아들이 아니었다면 내 어찌 사직을 편히 보전했겠는가?"

이렇듯 칭찬하고 그날로 노학에게 벼슬을 내려 승상을 하게 했다. 노학이 황제의 은혜에 축사하고 집에 돌아와 부인을 청하니 부인이 들어와 서로 손을 잡고 한바탕 통곡한 후에 서로 고생하던 일을 낱낱이 이야기했다.

 이때 채봉, 홍릉, 취란, 앵앵은 노학을 뵙고 춘매와 무연은 부인을 뵙고 서로 즐기는 모양이 만고에 드문 일이었다. 이럭저럭 원수가 천자의 상과 하사품을 많이 받고 일등공신에 봉하니 은총이 거룩했다. 늘 한가한 틈을 타서 집에 돌아와 여러 미인과 더불어 즐길 때, 채봉은 글을 지어 읊고, 무연은 팔을 들어 춤을 추고, 앵앵은 노래를 부르고, 홍릉은 거문고를 타고, 취란은 비파를 치고, 춘매는 장검을 빼어 춤을 추고, 원수는 옥피리를 내어 곡조를 지어서 부니, 소리가 서로 응하고 곡조가 서로 합해 어울리는 정은 천고에 없는 일이었다.

제6장
또한 공주를 상으로 내리고,
일곱 미인과 크게 연희하다
且賞一公主, 大宴七美人

이때 임금이 2남 1녀를 두었으니 첫째 아들은 세자요, 둘째 아들은 형남대군이요, 딸은 형산공주였다. 임금이 형산공주를 나이 마흔에 얻어 특별히 사랑했다. 형산이 점점 자라나며 용모가 화려하고 자색이 아름다웠다. 임금이 사랑해 어진 배필을 구하고자 하더니 장노학이 아들 낳았다는 소식을 듣고 결혼코자 했지만 이때 옥선이 이미 아내를 정했기 때문에, 어쩔 수 없이 사방으로 부마를 구했으나 마땅한 자가 없어 근심했다.

형산공주가 열 살이 되었을 때 왕후가 후원의 꽃을 구경하며 놀았다. 비몽사몽간에 한 노인이 곁에 앉아 고하기를,

"공주는 태을이 점지한 바, 태을은 곧 나요. 태을이 점지한 사람을 구해 배필을 정한 후에야 백년을 즐기고 앙화를 면하게 될 것이오."

하고 품에서 한 개 옥퉁소를 내어 왕후 앞에 드리며 말

했다.

"이는 태을궁의 옥퉁소라 품질이 가장 좋고 소리 또한 청아해 저마다 소리를 내지 못하고 주인을 만나야 쓰일 때가 있을 것이오. 태을궁의 옥피리는 이미 세상에 나온 지 오래요. 그 옥피리 부는 자와 이 옥퉁소 부는 사람이 천정연분이니 왕후는 천시(天時)를 잃지 마시오."

하고 가거늘 왕후가 깨어 보니 남가일몽이었다. 이상히 여겨 일어나 보니 과연 옥퉁소가 있었다. 급히 잡아 보니 형산의 백옥으로 통소를 파서 형용이 아름답고 등에 새겼으되,

형산 옥퉁소는 주인이 있으니(荊山玉簫有主)
삼산의 옥피리가 짝이 되리라(三山玉笛得配)

했다. 왕후가 이상히 여겨 모든 궁녀에게 불라고 하나 소리가 나지 않았다. 공주가 불기를 청하니 왕후가 옥퉁소를 주었다. 공주가 받아서 부니 소리가 청아해 곧 공중으로 날아오르는 듯하고 곡조가 절로 되며 공중으로부터 한 쌍의 백학이 내려와 곡조에 응해 천천히 춤을 추었다. 왕후가 보고 기이하고 이상해 왕에게 고했다. 왕이 크게 찬탄하면서 말했다.

"이 여자아이는 반드시 선녀가 적강[42]한 것이다. 배필을 잘 구해 백 년을 즐기게 함이 옳으나 삼산의 옥피리를 어느 곳에서 만나겠는가?"

이렇듯이 사랑하며 형산의 옥퉁소로 인해 형산공주라 이름을 지었다.

공주가 늘 달 밝은 밤이 되면 옥퉁소를 꺼내 불며 학의 춤을 구경했다. 이때 백학이 옥퉁소에 응해 춤추다가 홀연 공중으로 날아가더니, 이윽고 한 쌍의 청학을 데리고 와서 한가지로 춤추다가 또 날아가 왔다 갔다 하며 분주히 날아다녔다. 형산공주가 이상히 여겨 옥퉁소 불기를 그치고 들으니, 어디에서 옥피리 소리가 청아하게 나며 사람의 심장을 상쾌하게 했다.

공주가 미친 듯, 취한 듯해 곧 궁녀를 보내어 학을 따라가 옥피리 부는 곳을 알아 오라 하니 궁녀가 명을 받아 소리를 따라갔다. 과연 장옥선의 집 후원이었다. 이때 장옥선이 여섯 미인과 더불어 즐기면서 옥피리를 불며 학춤을 구경했다. 궁녀가 다 보고 기이해 곧 들어가 공주께 고해 말했다.

---

42) 적강(謫降) : 하늘의 존재가 죄를 지어 인간 세상에 귀양 오는 형식으로 내려와서 태어남.

"장 원수의 후원에서 원수가 옥피리를 불고 있었습니다."

공주가 이 말을 듣고 탄식하며 궁녀로 하여금 왕후에게 그 연유를 알리라 했다. 궁녀가 자초지종을 낱낱이 왕후에게 고했다. 왕후가 이 말을 듣자마자 경탄하며 말했다.

"원수는 본래 삼산 사람이라. 삼산 옥피리를 이제 얻고 또 공주와 원수가 동갑이라 하니, 하늘이 정한 연분이 이 사람에게 있도다!"

곧 왕에게 고했는데 왕이 대답했다.

"장옥선의 재주와 용모는 천고에 없는 바다. 내 일찍이 형산공주의 배필을 정하고자 하나 다만 옥선이 이미 아내를 얻었으니 어찌하리오?"

왕후가 고해 말했다.

"형산공주의 연분이 이미 옥선에게 있으므로 전에 처로 얻은 낭자는 다 연분이 아닙니다. 옥선에게 물리치라 하고 형산공주로 배필을 정하십시다."

왕이 옳게 여겨 외전에 나와 형남대군을 보내 옥선의 집에 가서 뜻을 살펴보라 했다. 대군이 명령을 받고 옥선의 집에 가니, 옥선이 기쁘게 나와 맞아 좌정한 후에 여쭈었다.

"대군이 누추한 집에 왕림하시니 참으로 감사합니다."

대군이 사례하고 말했다.

"과인이 어젯밤에 달빛을 구경코자 뜰 위를 배회하다가 홀연 청아한 옥피리 소리가 나서 들으니 참으로 인간의 소리가 아니었습니다. 물으니 곧 상공이 희롱한다 하니 참으로 그러하며 그런 보배를 어느 곳에서 얻었습니까?"

원수가 황공해 대답하기를,

"제가 달을 보고 흥을 이기지 못해 더러운 소리를 내었습니다. 어찌 대군이 들으시게 될 줄 알았겠습니까? 옥피리의 출처를 물으시니 감히 대답하겠습니다."

하고 낱낱이 이야기하니 대군이 칭찬하고 탄복하기를 마지않고 말했다.

"옛말에 하였으되, 임금이 혹 조금 그릇된 일을 행하더라도 신하의 도리로 행한다고 했으니 그 말이 옳겠습니까?"

원수가 정색하며 말했다.

"어찌 그러하겠습니까? 현군은 간쟁하는 신하를 쓴다고 했으니, 임금에게 허물이 있으면 신하가 마땅히 죽기로 힘써 간하는 것이 도리에 당연합니다."

대군이 그 말을 듣고 부끄러워 사례하고 돌아가 옥선과 주고받은 말을 낱낱이 왕께 고했다. 왕이 탄식하며 말했다.

"충신이라 이를 만하도다. 어찌 하면 혼사를 이룰 수 있겠는가?"

한참 동안 생각하다가 대군에게 말하기를,

"내 이제 승상을 불러 혼사를 말하면 승상은 지위가 무거운 재상이라 박약하지 않을 것이니 옥선이 아무리 한들 임금의 명령이 엄절하고 부친의 명이 또 있으면 어찌 어기리오?"

하고 곧 노학에게 명해 불렀다. 노학이 명을 받아 들어오거늘 임금이 자리에 앉히고 이어서 말했다.

"예전에 크신 순임금이 조정을 도와 큰 공을 이루고 천하를 태평하게 하시므로, 요임금이 두 따님을 내리셔서 순의 공을 갚으셨다 합니다. 이제 천하를 평정해 사직을 편안히 보전함은 다 옥선의 공이오. 내 옥선의 공을 갚지 못했기로 형산공주를 내려 첫째는 천정연분을 잇게 하고 둘째는 옥선의 공을 갚고자 하니 어떠한가?"

승상이 머리를 조아리며 사례하며 말했다.

"옥선이 무슨 공이 있으며, 또한 옥선이 이미 아내를 얻었으니 성상은 살펴 주십시오."

임금이 웃으며 말했다.

"그러나 내 이미 뜻을 정한지라, 다시 할 길이 없으니 승상은 의논해 내 뜻을 어기지 말라."

승상이 황공해 곧 명을 받고 집에 돌아와 옥선에게 임

금의 명을 전하니 옥선이 하릴없이 내당에 들어가 그 말을 이야기했다. 여섯 부인이 그 말 듣고 서로 붙들고 울며 말했다.

"우리 여섯 사람이 상공의 두터운 은혜를 받아 백 년을 기약했더니 이제 헛일이 되었습니다. 우리 이미 장씨 문중에 몸을 허락했는지라 어찌 다른 뜻이 있으리오?"

서로 죽기로 자처하니 옥선이 위로하며 말했다.

"성상께서 지혜가 밝으시니 내가 나아가 잘 아뢰면 이다지 사나운 정치를 하시지 않으실 듯하니 부인들은 진정하라."

여섯 낭자가 서로 서러워하는 모양은 차마 보지 못할 정도였다. 이때 옥선이 궁궐 문밖에 대죄하고 상소를 지어 올렸다.

삼군대원수 신 장옥선은 죄목이 백배에 가까워 성상 전하께 글을 올립니다. 엎드려 생각하기로 부부는 오륜의 하나라 한번 맹세를 정하면 다른 뜻이 없음이 여자가 마땅히 행해야 할 도리입니다. 성상은 어찌 통촉치 못하십니까? 신은 듣건대, 조강지처는 버리지 않는다 하니 성상은 다시 굽어보시고 신을 송홍(宋弘)43)의 예로 대접해 주시기를 엎드려 바랍니다.

이때 임금이 글을 보시고 경탄하며 상소를 가지고 내전으로 들어가서 왕후와 공주에게 보였다. 공주가 절하며 여쭈되,

　"충신은 두 임금을 섬기지 않고 열녀는 두 남편을 바꾸지 않는다고 했으니 장 원수가 이미 여섯 부인을 취해 백년가약을 맹세했는데, 부친의 전교(傳敎)가 이다지 엄절해 하릴없이 여섯 부인이 다 죽기로 자처했다 하니, 어찌 한 사람으로 하여금 여섯 사람의 목숨을 끊으며, 또한 지금 난리가 지난 후에 군부께서 어진 정치를 하시는데, 어찌 여자에게 어질지 않은 정치를 행하려 하십니까? 소녀는 듣건대 예로부터 왕과 제후의 딸이 시집을 갈 때, 잉첩 수백 사람이 모신다 하니 어찌 여섯 사람을 두지 못하겠습니까?"

　임금과 왕후가 같이 앉았다가 이 말을 듣고 공주의 등을 어루만져 칭찬하며 말했다.

　"여자의 말이 참으로 장부의 소견보다 낫구나!"

---

43) 송홍(宋弘) : 후한 광무제 때 사람. 광무제가 송홍에게 그의 누이와 혼인할 것을 권했으나 송홍은 조강지처를 버릴 수 없다고 하며 이를 거절했다.

하고 크게 기뻐하며 곧 외전에 나가 장노학을 오라고 명해 공주의 말씀을 전했다.

장노학이 땅에 엎드렸다가 경탄하며 일어나 절하고 말했다.

"공주의 넓으신 도량이 이렇듯 크시니 능히 제왕의 딸입니다. 신들이 어찌 은혜로운 명령을 받지 않겠습니까?"

곧 사례하고 물러나 옥선에게 공주의 말을 전하니 옥선이 경탄하며 말하기를,

"깊은 규방에 계신 낭자가 어찌 이처럼 도량이 넓고 크신가?"

하고 곧 내당에 들어가 부인 앞에 그 연유를 고하고 별당으로 들어가니, 이때 여섯 부인이 서로 붙들고 울고 있었다. 원수가 기쁜 빛이 얼굴에 가득해 말했다.

"부인들은 근심치 말고 내 말을 들으소서."

하고 공주의 말을 이야기하니 여섯 부인이 기쁘기도 하고 놀랍기도 해 말했다.

"궁궐 문이 깊고 깊어 백성의 어려움과 고통을 맑게 살피지 못할 것임에도 공주는 어찌 도량이 이처럼 장하신가?"

서로 위로하며 감탄하고 말하기를,

"공주의 도량이 이처럼 넓으시니 우리들은 반드시 은

택을 많이 입을 것이다."

하고 서로 치하하는 소리가 분분했다.

이때 옥선이 곧 궐 안에 들어가 천자의 은혜를 사례했는데, 임금이 공주를 크게 찬양하시고 곧 일관(日官)을 명해 좋은 날을 가려서 혼례를 행하려 했다. 이때는 춘삼월 좋은 시절이라 복숭아꽃은 찬란하고 그 잎은 무성해 바로 남녀가 혼인할 때였다. 좋은 날을 맞아 기러기를 올려 혼례하고 밤이 되어 신방을 차려 선관 선녀가 모여 앉으니 천고에 없는 성대한 의례요, 만고에 듣지 못한 위엄 있는 의식이었다. 옥선이 공주를 대해 말했다.

"공주의 은덕으로 여섯 사람의 목숨을 살리고 오늘 이렇듯 좋게 모이니 공주의 넓으신 도량이 어찌 그다지 장하십니까? 참으로 만고 열녀가 미치지 못할 바입니다."

공주가 부끄러워하며 말했다.

"제가 일찍 가정교육을 받아 음란하고 투기하는 부인의 행실은 본받지 아니하고 장부의 뜻을 거스르지 않으려 합니다."

원수가 이 말을 듣고 기뻐하며 화촉동방(華燭洞房)⁴⁴⁾

---

44) 화촉동방(華燭洞房) : 신부의 방에 촛불이 아름답게 비친다는 뜻으로, 신랑이 신부의 방에서 첫날밤을 지내는 일. 결혼식 날 밤 또는 혼례

좋은 밤에 비단 이불과 옥빛 요를 펴 놓고 원앙새와 물총새의 즐거움을 즐기니 그 아니 좋으리오.

밤을 지낸 후에 옥선이 탑전에 들어가 장인과 사위의 예로 임금과 왕후 앞에 뵙고, 돌아와 승상과 부인 앞에 뵙고, 별당에 들어가 여섯 부인을 대해 공주의 성대한 위의와 아름다운 자색을 말하고 칭찬해 마지않았다. 여섯 부인이 그 말을 듣고 원수에게 치하해 말했다.

"상공이 또 어진 부인을 얻으시니 이는 천고에 드문 일이라 첩들이 감히 하례합니다."

하고 서로 즐겨 화기가 집에 가득했다.

한편 옥선이 일곱 미인을 다 얻자 태을선관의 청옥 일곱 개의 의미를 깨달았다. 일곱 미인과 더불어 어울리는 기운이 따듯하고 위엄 있는 모습이 엄숙해 조금도 편애하고 질투하는 모양이 없었다. 또한 성상과 왕후를 극진히 충성으로 섬기고 장노학과 어머니를 영화로운 효도로 섬기니 좋지 않을 수 없었다.

이때 장옥선이 집을 크게 지었다. 연수각(延壽閣)을 웅장하게 지어 승상 부부를 모시고 아침저녁 문안하는 범절

를 이르는 말이다.

과 의복과 음식을 드리는 일을 극진하게 효성으로 했다. 따로 후원에 초당 일곱 칸을 지어 연못을 넓게 파고 연못 안에 석가산(石假山)을 모으고 기이한 화초를 심고 날짐승, 길짐승을 길렀다. 별당 일곱 채를 정묘하게 짓고 현판을 붙였으니 제일 왕낭각(王娘閣)은 형산공주가 거처해 옥퉁소로 세월을 보내고, 제이 단산각(丹山閣)은 정채봉이 거처해 풍월로 세월을 보내고, 제삼 효열각(孝烈閣)은 이홍릉이 거처해 거문고로 고요함을 달래고, 제사 운소각(雲霄閣)은 백취란이 거처해 비파를 청아하게 타고, 제오 설월각(雪月閣)은 유춘매가 거처해 칼춤으로 노닐고, 제육 난류각(嬾柳閣)은 심앵앵이 거처해 노래를 맑게 부르고, 제칠 삼촌각(三春閣)은 최무연이 거처해 춤추기로 일삼으니 이 아니 좋겠는가. 원수는 옥피리를 들고 이 각 저 각 두루 다니며 곡조를 응해 옥피리를 불어 질탕하게 노니니 신선놀음이 이에서 더하지 못했다.

이럭저럭 천하가 태평하고 조정에 일이 없어 백성이 격양가(擊壤歌)[45]를 부르고 기린(麒麟)[46]과 봉황(鳳凰)[47]

---

45) 격양가(擊壤歌) : 옛날 중국 요임금 때 늙은 농부가 땅을 치면서 천하가 태평한 것을 노래한 데서 온 말로 태평한 세상을 즐기는 노래.

46) 기린(麒麟) : 성인이 이 세상에 나올 징조로 나타난다고 하는 상상

이 자주 내려왔다.

세월이 흐르는 물과 같아 50년이 지났다. 승상 장노학과 부인은 선관과 언약한 때를 맞이해 선관을 보려고 세상을 이별하고, 장옥선은 아들 21형제를 두었으되 벼슬이 다 1품의 지위에 이르고, 정심과 이중도 다 승상에 이르러 80세에 세상을 작별하고, 춘매의 모친 이 부인과 앵앵의 모친 교 부인과 무연의 모친 홍 부인도 천고에 없는 영화를 보고 80년 장수를 누렸으며, 백화도 벼슬이 1품이 되고 80년 장수했다.

이럭저럭 세월이 지나 원수가 위국공(衛國公) 충렬부원군(忠烈府院君) 안동후(安東侯)에 봉해지고 일곱 미인과 더불어 다 나이 97세에 이르렀다. 자손들이 극진한 효성으로 봉양하더니 하루는 공이 일곱 미인과 더불어 누각

속의 짐승. 몸은 사슴 같고 꼬리는 소 같고 발굽과 갈기는 말과 같으며 빛깔은 오색이라고 한다. 인수(仁獸).

47) 봉황(鳳凰) : 예로부터 중국의 전설에 나오는 상서로움을 상징하는 상상의 새. 기린·거북·용과 함께 사령(四靈) 또는 사서(四瑞)로 불린다. 수컷은 '봉', 암컷은 '황'이라고 하는데, 성천자(聖天子) 하강의 징조로 나타난다고 한다. 전반신은 기린, 후반신은 사슴, 목은 뱀, 꼬리는 물고기, 등은 거북, 턱은 제비, 부리는 닭을 닮았다고 한다. 깃털에는 오색 무늬가 있고 소리는 오음에 맞고 우렁차며 오동나무에 깃들어 대나무 열매를 먹고 영천(靈泉)의 물을 마시며 산다고 한다.

위에 앉아 서로 즐기더니, 이윽고 오색구름이 누각에 자욱하고 맑은 향취 진동하고 청학과 백학이 날아들며 옥피리 소리 청아하게 났다. 3일 후에 구름이 걷히면서 향취가 없었다. 청학과 백학이 옥피리 소리를 따라 공중으로 향해 날아가거늘, 온 집안이 곡절을 몰라 누각을 바라보니 원수와 일곱 미인은 간 곳이 없었다.

대한 광무 11년 정월 어느 날

글씨가 거칠고 잘못된 글자와 빠진 글자가 많으니, 문리에 따라 그대로 눌러 보시고 누구시든지 빌려다 보신 후 곧 임자에게로 돌려주십시오.

원문

칠미인연유기 권지일

七美人宴遊記 칠미인연유긔

⟨1a⟩ 張老學 쟝노학, 張玉仙 쟝옥션, 丁深 졍심, 劉和 유화, 崔平 최평, 朱六 쥬육, 沈成 심셩, 鐵强 쳘강, 李重 니즁, 莫衰 막쇠, 白華 빅화, 黃獵 황녑, ⟨1b⟩ 荊山公主 형산공쥬, 丁彩鳳 졍치봉, 崔舞鷰 최무연, 沈鶯々 심잉잉, 李紅綾 니홍능, 白翠鸞 빅취란, 劉春梅 유츈민

⟨2a⟩논셜 긔쟈(箕子) 홍범(洪範)[1] 오복(五福)[2]의 일

---

1) 홍범(洪範) : 중국 유교의 5대 경전 중 하나인 《서경(書經)》의 한 편이며 유가(儒家)의 세계관에 의해 정치철학을 말한 글. 홍범구주(洪範九疇)라고도 한다. 정치는 천(天)의 상도(常道)인 오행(五行)·오사(五事)·팔정(八政)·오기(五紀)·황극(皇極)·삼덕(三德)·계의(稽疑)·서징(庶徵)·오복(五福) 등의 구주(九疇)에 의해 인식되고 실현된다는 것이 주요 내용이다.

2) 오복(五福) : 인생에서 바람직하다고 여겨지는 다섯 가지 복. 곧, 수

왈(一曰) 슈(壽)요 이(二)왈 부(富)요 숨(三)왈 강녕(康寧)이요 샤(四)왈 유호덕(攸好德)이요 오(五)왈 고종명(考終命)이라 ᄒᆞ니 쟝씨(張氏) 갓흔 쟈ᄂᆞᆫ 가히 오복을 겸비ᄒᆞ엿다 일을지로다.

당(唐)나라 두쟈미(杜子美)3) 글의 일너씨되 인싱칠십고릭희(人生七十古來稀)라 ᄒᆞ엿씨니 쟝씨ᄂᆞᆫ 칠미인(七美人)으로 더부러 다 구십향슈(九十享壽)를 ᄒᆞ엿씨니 가히 샹슈(上壽)라 일을지요, 옛〈2b〉글의 갈와씨되 "셩(性)을 온젼이 ᄒᆞ여 부모를 공양(供養)ᄒᆞᄂᆞᆫ 거시 지극한 영화(榮華)라" ᄒᆞ엿씨니 이 샤람은 고관딕쟉(高官

(壽)·부(富)·강녕(康寧)·유호덕(攸好德)·고종명(考終命)이다. 수는 장수, 부는 물질적 풍요, 강녕은 몸이 건강하고 마음이 평안한 것, 유호덕은 덕을 지키기 좋아하는 것, 고종명은 제명대로 살다가 죽는 것이다. 오복이란 말은《상서(尙書)》〈홍범(洪範)〉에 먼저 나왔다. 그 뒤 다른 경전이나 문헌에도 인생에서 온갖 복을 갖추었다고 말할 때 이 오복이란 말을 사용했다.

3) 두쟈미(杜子美, 803~852) : 중국 당나라의 시인. 본명은 목(牧), 자는 목지(牧之), 호는 번천(樊川)이며, 대학자 두우(杜佑)의 손자다. 이상은(李商隱)과 더불어 이두(李杜)로 불리는 중국 만당전기(晚唐前期)의 시인. 산문에도 뛰어났지만, 시에 더욱 뛰어났으며, 근체시(近體詩) 특히 칠언절구(七言絶句)를 잘했다. 만당시대의 시인에 어울리게 말의 수식에 능했으나, 내용을 보다 중시했다. 주요 작품에 〈아방궁의 부〉, 〈강남춘(江南春)〉 등이 있다.

大爵)을 하여 열 고을ㅆ 먹으니 가히 거부(巨富)라 일을 지요, 쏘 능히 양친(兩親)을 효도로 셤기고 칠낭(七娘)을 화슌(和順)케 거ᄂ리니 가히 강녕(康寧)ᄒ다 일을지요, 쏘 인군(人君)을 위ᄒ야 츙셩(忠誠)으로 셤기고 부친을 위ᄒ야 구슈(仇讐)를 갑흐니 인신지졀(人臣之節)과 인쟈(人子)의 도가 지극ᄒ지라, 임의 명셩〈3a〉덕닙(名成德立)ᄒ엿씨니 가히 유호덕(攸好德)이라 일을지요, 옛글의 ᄒ엿씨되 "달도 챠면 이우고 히도 졍즁(正中)ᄒ면 기운다" ᄒ엿고, 쏘 일너씨되 "시가 다ᄒ믹 활이 감취고 기가 죽으믹 기가 삼는다"⁴⁾ ᄒ엿고, 한신(韓信)과 핑월(彭越)이 복질(覆跌)ᄒ엿고 진희(震豨)와 경포(黥布)도 효슈(梟首)ᄒ엿씨니, 셩공쟈(成功者) 거(去)ᄂ 쟈고(自古) 샹샤(常事)라. 연(然)이ᄂ 쟝씨ᄂ 딕공(大功)을 임의 일우믹 후샹(厚賞)을 만이 밧고 한가히 도라가 쵸당(草堂)의 누어 죠졍(朝廷) 〈3b〉 닐을 간예(干與)ᄒ고 쳔명(天命)으로 집의셔 연관(捐館)ᄒ니 가히 고죵명

---

4) 시가… 삼ᄂ다 : 《사기》 〈회음후열전〉에 나오는 말. 원래는 "빠른 토끼가 죽으면 좋은 사냥개가 삶아지고, 높이 나는 새가 죽으면 좋은 활이 감춰지며, 적국이 망하면 도모하는 신하가 사라진다(狡兔死 良狗烹, 高鳥盡 良弓藏, 敵國破 謀臣亡)"이다.

(考終命)이라 일을지로다.

연(然)이느 이 오복 외에 쏘 흔가지 큰 복과 흔가지 큰 화긔(和氣)가 잇씨니 예젹의 화봉인(華封人)5)이 딕요(大堯)의 츅샤(祝辭)의 일온 바 '슈부다남쟈(壽富多男子)'라 ᄒ엿씨니 다남쟈(多男子)도 쏘흔 큰 복이라, 쟝씨는 아달이 십일 형제를 두고 쟈손이 다 고관딕쟉(高官大爵)을 하여 츙셩을 다ᄒ여 국가의 갑흐니 이 읏지 큰 복이 안⟨4a⟩이며 부인(夫人) 칠인(七人)을 두며 왕후(王侯)의 ᄯ알노 필부(匹夫)의게 하가(下嫁)ᄒ되 투긔(妬忌)ᄒ는 마음이 읍고 샤셔(士庶)의 녀쟈로 공쥬를 딕졉ᄒ되 죠금도 투긔와 흔극(釁隙)이 읍시니 이 엇지 화긔(和

---

5) 화봉인(華封人): 《장자》⟨천지⟩ 편의 '화봉삼축(華封三祝)' 고사. 화봉인이 요(堯)임금에게 세 가지를 축원했다. 이때 화봉인이 말하기를 "성인(요임금)에게 축원하오니 오래 사십시오" 하니 요임금은 "싫다"고 했다. 이어 화봉인이 "부자가 되십시오" 하니 요임금은 다시 "싫다" 했다. 이어 화봉인이 "자손을 많이 두십시오" 하니 요임금이 "싫다" 했다. 그러자 화봉인이 "수(壽), 부(富), 다남자(多男子)는 모든 인간이 바라는 바인데, 혼자서 마다하는 연유가 무엇입니까?"라고 물었다. 이에 요임금은 "다남자는 걱정이 많고, 부는 일이 많으며, 수는 욕됨이 많다. 따라서 이 세 가지는 덕을 기르는 소이(所以)가 아니다"고 대답했다. 이 고사에는 부나 수, 자손 등 평범한 세인이 바라는 차원을 한층 넘어서 세상의 그 무엇보다 덕을 기르는 것이 중요하다고 하는 교훈이 담겨 있다.

氣)가 안이리요? 쇽샤(俗士)와 범인빅(凡人輩)는 다만 일쳐일쳡(一妻一妾)을 두되 셔로 시긔(猜忌)ᄒᆞ여 구슈(仇讐)간 갓치 지닉여 긔여히 가픽국경(家敗國傾)ᄒᆞᄂᆞᆫ 딕 이르니 그런 샤람들은 읏지 홀노 붓그럽지 안이 ᄒᆞ리요? 쟝씨는 졔가지〈4b〉도(齊家之道)에 익어 능히 화슌(和順)케 ᄒᆞ엿씨니 이차관지(以此觀之)ᄒᆞ면 쟝씨 갓흔 쟈는 가히 여셧 가지 복녹(福祿)을 갓쵸고 흔가지 화긔(和氣)가 잇ᄂᆞᆫ쏘다. 후쇽(後續) 인싱(人生)이 그 풍칙(風采) 긔샹(氣像)과 부귀공명(富貴功名)을 뉘 안이 흠션(欽羨)ᄒᆞ리요? 이러무로 글 지여 젼(傳)ᄒᆞ니라.

안탑하영(雁榻賀榮), 웅몽겸길(熊夢占吉) 길에기(雁) 탑의 영화를 ᄒᆞ례(賀禮)ᄒᆞ고, 곰(熊)의 쑴(夢)이 길(吉)ᄒᆞᄆᆞᆯ 졈치도다

〈5a〉각셜(却說)[6] 고려(高麗) 셰샹(世上)의 호남부(湖南府) 삼산(三山)이라는 곳지 잇시되 숑도(松都) 숑악산

---

6) 각셜(却說) : 말이나 글 따위에서 이제까지 다루던 내용을 그만두고 화제를 다른 쪽으로 돌린다는 뜻.

(松嶽山) 졍긔(精氣)가 뭉쳐 샨셰(山勢) 위이(委迤)⁷⁾ 굴곡(屈曲)ᄒᆞ여 호람부(湖南府)로 도라들어 혼 싯슨 호람좌우도(左右道)가 열녀 잇고, 쏘 혼 싯슨 시로히 긔봉(奇峰)되여 샴산(三山)의 쩌러져 숨산군이 되엿시니, 좌우 산셰(山勢)의 웅장혼 닉믹(內幕)과 젼후(前後) 주룡(主龍)의 화려혼 긔샹(氣像)⟨5b⟩은 일필난긔(一筆難記)요, 그 샨셰 쩌러져셔 숑니샨(俗離山)이 되엿시니 만학쳔봉(萬壑千峰) 쟝혼 산셰 곳〃마다 화려ᄒᆞ고, 쳥쳔삭츌금부용(靑天削出金芙蓉)⁸⁾은 문필봉(文筆峰)이 두렷ᄒᆞ고, 칠십이봉(七十二峰) 도샵쳔(挑揷天)은 노젹봉(露積峰)이 분명ᄒᆞ고, 일 귀봉(奇峰)은 좌우로 둘너 공명긔샹(功名氣像)을 응ᄒᆞ여 잇고, 쳔화봉은 젼후를 에워 복록긔최(福祿基礎)를 응ᄒᆞ엿씨니 이러탓 문명(文明)혼 샨하(山河)의 웃지 되인군자(大人君子) 읍시리요? 숑니샨 아릭 ⟨6a⟩에 문응동(文應洞)이라는 곳시 잇시니, 만쳡쳥산(萬疊靑山)은 젼후(前後)를 둘너 잇고 일되(一帶) 쟝강

---

7) 위이(委迤) : 구불구불 구부러진 모양.

8) 쳥쳔삭츌금부용(靑天削出金芙蓉) : 중국 당나라 때 시인 이백이 지은 시 구절로 여산의 절묘한 아름다움을 예찬한 시. 푸른 하늘을 깎아지른 듯이 솟아올라 황금빛의 연꽃봉우리 같다는 뜻이다.

(長江)은 좌우를 막어신이 경기(景槪)도 거록ᄒ고 풍물(風物)도 쟝(壯)할시고!

이 마을의 흔 샤람이 잇씨니 승(姓)은 쟝(張)이요 명(名)은 노학(老學)이라. 샴흔공신(三韓功臣)의 후예(後裔)로 일쟉 부모를 여희고 유리표박(流離漂泊)ᄒ던이 강호(江湖)로 단이면셔 경기 죠흔 곳즐 쳐져 이 곳듸 이르러 슈간(數間) 쵸당(草堂)을 이룩ᄒ고 학업을 일숨던이 항샹 일오듸

"남쟈 셰샹〈6b〉의 싱겨ᄂ셔 일흠을 셰샹의 낫타닉여 부귀공명(富貴功名)과 츙효졀기(忠孝節槪)를 일숨지 못ᄒ면 읏지 셰샹의 난 표적(表迹)이 되며 쪼 읏지 부모 죠션(父母祖先)의 계적(繼蹟)를 흔다홀이요."

ᄒ고 부인 한씨로 더부러 쟉별(作別)ᄒ고 십 년 공부를 경영ᄒ고 숑니샨(俗離山)의 들어가 숑샨도샤를 챠져 뵈옵고 예필(禮畢) 좌졍(坐定) 후의 엿쟈오듸

"쇼싱(小生)이 본듸 경셩(京城) 쟝샹셔(張尙書)의 아달노셔 명되(命途) 긔구(崎嶇)ᄒ와 일〈7a〉쟉 부모를 여희고 거(居)홀 곳슬 몰로와 문응동의 와 거ᄒ오니 싱이(生涯) 족々(足足)ᄒ오나 싱각건듸 쳔(賤)흔 몸이 명가(名家) 후예(後裔)로 틱여나셔 죠샹(祖上)의 계적을 못ᄒ오면 읏지 셰샹의 낫다 일으올잇가? 이런고로 가속

(家屬)을 쟉별호고 십 년 공부를 쟉졍(作定)호옵고 션싱을 뵈시고져 호여 감히 션경(仙境)의 범(犯)호엿사오니 션싱은 용셔호오셔 불쌍히 엿이시면 쇼싱이 감히 〈7b〉 공부를 챡실히 호와 후일(後日)을 바랄가 호ᄂ이다."

숑샨도새 이 말을 듯고 층챤불이(稱讚不已)호여 왈(曰),

"네 비록 쇼년(少年)이로딕 말이 긔희(奇異)호도다."

하고 쳐쇼(處所)를 졍호여 쥬거널, 노학이 일심(一心)으로 공부를 호더라.

셰월(歲月)이 여류(如流)호여 십 년을 지ᄂ지라. 일々(一日)은 노학이 도샤게 고왈(告曰),

"소싱이 쳐음 경영이 십 년 쟉졍(作定)이라, 쳥컨딘 집의 도라가 가쇽(家屬)을 위로호고 또흔 몸〈8a〉이 세샹의 나고져 호나이다."

도새 층챤(稱讚) 왈,

"네의 쯧시 쟝(壯)호도다. 십 년 샤이에 임의 공부를 다 일우미 입신양명(立身揚名)키를 생각호니 그 쯧시 웃지 쟝치 안이리요."

호고 도라가기를 허락호며 일오딕

"네 이 길의 젼졍(前程)이 크게 열녀 부귀공명(富貴功名)을 한(限)읍시 호것씨ᄂ 이십 년 익(厄)이 잇씨니 샴가 죠심(操心)ᄒ고, 나를 다시 보고져 훌진듸 오십 년 후에 다시 볼 날이 잇슬 〈8b〉 거시요, 그젼(前)의ᄂ 다시 보기 어려울 거시니 부듸 보즁(保重)ᄒ라."

ᄒ거늘 노학이 다시 엿쟈오듸

"션싱의 은덕(恩德)이 ᄒ희(河海) 갓탄지라 쇼싱이 비록 용녈(庸劣)ᄒ오나, 쟈죠 뵈옵기 원ᄒ거늘 션싱은 읏지 오십 년 후럴 졍ᄒᄂ잇가?"

도새 우어 왈,

"네 모로ᄂ도다! ᄂᄂ 속인(俗人)이 아니라 본듸 틱을 신션(太乙神仙)9)으로셔 샨즁(山中)의 구경코쟈 ᄒ야 이 산의 왓던이 너ᄂ 비록 십 년〈9a〉을 지ᄂ시ᄂ 날노 말ᄒ면 변시(便是) 쟘간 샤이라, 진셰(塵世)와 션궁(仙宮)이 통할 곳지 못 되거든 읏지 쟈로 보기를 바라리요?"

노학이 쳐음의ᄂ 도샨 쥴만 알어더니 션관(仙官)이란 말을 듯고 세상의 도라갈 생각이 돈연(頓然)이 읍셔 다시 엿쟈오듸

"쇼싱이 지쥐(才操) 읍스오나 션싱의 실하(膝下)의

---

9) 틱을신션(太乙神仙) : 태을션관(太乙仙官)이라고도 하며 신선의 직함 중 하나. 일설에는 여동빈이 태을선관이라고도 하고, 북방에 있는 별 태을성(太乙星)을 맡아보고 있는 신선이라고도 한다.

모셔 셰월(歲月)을 보니고져 ᄒᆞᄂᆞ이다."

도시 ᄯᅩ 우어 왈,

"너와 니가 임의 인연이 열은지라 쟌〈9b〉말 ᄊᆞ고 밧비 도라가 셰간고락(世間苦樂)을 지니다가 오십 년 후의 다시 쳔샹(天上)으로 만ᄂᆞ면 그 읏지 안이 죠흘이요?"

노학이 헐일읍셔 도샤를 ᄒᆞ직(下直)ᄒᆞ고 도라갈시, 도샤 숀을 잡고 일너 왈,

"십 년간 졍년(情緣)이 적지 안인지라, 샨즁(山中)의 졍표(情表)홀 닐니 읍시니 창연(愴然)ᄒᆞ도다!"

ᄒᆞ고 품으로셔 일기(一個) 옥져(玉笛)를 니여 쥬면셔 일어 왈,

"이 옥쇼(玉簫)는 ᄂᆞ의 평싱(平生) 희롱(戲弄)ᄒᆞᄂᆞᆫ 빈라. 이졔 너의게 붓〈10a〉쳐 쥬노니 도라간 후 혹 월명지야(月明之夜)와 풍쳥지신(風淸之晨)을 만나거든 흥(興)을 타 소젹(消寂)을 하라."

ᄒᆞ거ᄂᆞᆯ 녹학이 다시 엿쟈오디

"쇽인(俗人)이 우미(愚迷)ᄒᆞ와 화복(禍福)을 몰으오니 니두(來頭)를 낫낫치 일너 쥬쇼셔."

도새 ᄯᅩ 우어 왈,

"니 맛당히 굿ᄯᅦ(時)를 당ᄒᆞ야 니두(來頭)의 화복을 일을연이와 쳔졍(天定)의 화익(禍厄)이야 읏지 면ᄒᆞ리

요? 쳔긔(天機)를 누셜(漏泄)치 못홀지라, 미리 말할 수 읍노라."

 ᄒ거〈10b〉날 노학이 옥쇼(玉簫)를 바다보니 셰간(世間)의 읍는 긔보(奇寶)라. 도러안져 곳 부러 보니 쇼릭 쳥아(淸雅)ᄒ고 곡죠(曲調) 졀노 일우면셔 쳥학(靑鶴) 흔 ᄡᅡᆼ(雙)이 쇼릭를 응(應)ᄒ여 츔을 편쳔히 츄는지라. 도새 보고 층찬불이(稱讚不已) 왈(曰),

 "이졔야 가히 닉 졔쟈(弟子)라 일을지로다."

 ᄒ고 인(因)ᄒ여 노학 다려 일너 왈,

 "쩌가 당(當)하엿씨니 어여 밧비 도라가라."

 ᄒ거늘 노학이 두 번 졀하야 하직(下直)ᄒ고 도라〈11a〉와 슈보(數步)를 걸어느와 돌아보니 도샤는 간 곳 읍는지라.

 옥쇼(玉簫)를 불며 학(鶴)을 다리고 집의 도라오니, 한(韓) 부인이 임의 문외(門外)의 듸연(大宴)을 베풀고 노학 도라오기를 기다리는지라. 쟝싱(張生)이 문(門)의 이르러 부인으로 더버러 흔연(欣然)이 셔로 마져 그간 막켜던 졍회(情懷)를 셜화(說話)ᄒ더라.

 슈일(數日)을 지닉미 맛참 슴오야(三五夜)를 당흔지라. 쳥샹(廳上)의 빅회(徘徊)ᄒ야 월싴(月色)〈11b〉을 구경타가 홍흥(洪興)을 이긔지 못ᄒ야 옥져(玉笛)를 닉여 분이 그 쇼릭 산곡(山谷)을 울니고 쳥학(靑鶴)이 곡죠를 응ㅎ여 츔을 츄는지라. 만당(滿堂)흔 빈긱(賓客)들이 고이히 여겨 옥져를 비러 불냐 흔들 웃지 쇼릭 나리요. 좌즁(座中)이 모다 고이히 여겨 챠탄(嗟歎)치 안이 리 읍더라.

슈샥(數朔)을 지닌 후의 경셩(京城)을 향ㅎ야 올나갈 시 잇씨 츈삼월(春三月) 호시졀(好時節)이라 봉ㅅ이 죠흔 꽂슨 〈12a〉 우로(雨露)를 머금엇고 쳐ㅅ에 고흔 시는 츈풍(春風)을 희롱(戲弄)ㅎ는지라. 녹학이 챠탄(嗟歎) 왈,

"져 꽂과 져 시는 씨를 만나 질기거니와 나는 어늬 씨의 죠흔 씨를 만나리요?"

이러구로 챠탄(嗟歎)ㅎ고 길을 써느더라. 슈십 일 만의 경셩(京城)의 다ㅅ르니 씨의 승평(升平)하여 조졍(朝廷)의 아모 일도 읍는지라. 고려왕이 죠신(朝臣)으로 더부러 의논ㅎ여 과거를 뵈여 인직(人才)를 구(求)헐시 노혹이 이 말 듯고 딕희(大喜)〈12b〉ㅎ여 손의 침 밧고 과거(科擧) ㅎ기를 기다리더니 밋 과령(科令)이 나리미 쟝싱(張生)이 팔묵(筆墨)을 갓쵸와 쟝즁(場中)의 들어가니 글 졔(題) 놉피 걸녓는지라. 쟝싱이 걸닌 글 졔(題)를 바라보고 일필휘지(一筆揮之)ㅎ야 일쳔(一天)[10]의 밧

치니 여왕(麗王)이 글 쟝(帳)을 친히 감(鑑)ᄒ시고 챠탄왈(嗟歎曰),

"이 글은 신션(神仙)의 문법(文法)이요, 샤람의 글은 안이라!"

ᄒ시고 곳 쟝원급졔(壯元及第)의 흔림학샤(翰林學士)를 ᄒ이시고 즉일(卽日)에 입시(入侍)식여 보시니 풍〈13a〉치 비범ᄒ여 가히 졔왕지좌(帝王之佐)가 될지라. 샹(上)이 샤랑ᄒ샤 자로 명쵸(命招)ᄒ샤 디쇼샤(大小事)를 의논하시다.

셰월이 여류(如流)ᄒ여 슈슴년(數三年)이 지닌지라. 흔림(翰林)이 직품(職品)을 도々와 병부시랑(兵部侍郞)이 되엿는지라 부귀(富貴) 극진(極盡)ᄒ고 은총이 거록하니 무슴 한이 잇씨리요? 그러ᄂ 연광(年光) 수십(四十)의 일졈(一點) 혈육(血肉) 읍셔 부인으로 더부러 주야(晝夜) 근심ᄒ더니 일々(一日)은 부인이 고(告)왈,

"칠거지악(七去之惡)[11]에 무〈13b〉쟈(無子)ᄒ미 읏듬

---

10) 일쳔(一天) : 과거나 백일장 따위에서 또는 여럿이 모여 한시 따위를 지을 때 첫 번째로 글을 지어서 바치던 일. 또는 그 글.

11) 칠거지악(七去之惡) : 유교 도덕에서, 아내가 쫓겨날 수 있는 일곱 가지의 악행. 곧 시부모에게 순종하지 않음(不順舅姑), 자식이 없음(無

이라. 쳡(妾)이 명되(命途) 긔구(崎嶇)ᄒ와 일쟈(一子)도 두지 못ᄒ여 샹공(相公)의 우려(憂慮)를 씻치오니 죄샹(罪狀)이 만샤무셕(萬死無惜)이로소이다. 그러ᄂ 쟈고(自古)로 무쟈(無子)ᄒ 샤람들이 샨쳔(山川)의 졍셩으로 긔도ᄒ면 혹 싱남(生男)ᄒᄂ 슈가 잇샤오니 우리 ᄂ외(內外)도 졍셩으로 빌어ᄂ 보소이다."

시랑이 디왈(對曰),

"부인 말슴이 올토다. 슉냥흘(叔梁紇)도 이구샨(尼丘山)의 긔도ᄒ여 공쟈(孔子) 갓흐신 셩인(聖人) 탄싱(誕生)ᄒ엿샤오니 감히 〈14a〉 슉냥흘게는 비홀 슈 읍시ᄂ 졍셩으로 긔도ᄒ면 혹 쳔힝(天幸)으로 싱남(生男)을 홀 터이니, 문응동 뒤 숑니샨(俗離山)의 빌면 숑샨도샤ᄂ 틱을션관(太乙仙官)이요, 곳 ᄂ의 션싱이라, 혹 불샹히 여기ᄉ 남쟈(男子)를 졈졔(點指)할가 ᄒ노니 쳥컨디 빌어ᄂ 보소이다."

하고 즉일(卽日)의 궐ᄂᆡ(闕內)의 들어가 샹(上)게 엿쟈오디,

"신(臣)이 본디 신병(身病)이 잇샤와 죠회(朝會)의 참

子), 음행(淫行), 투기(妬忌), 나쁜 병(惡病), 말썽이 많음, 도둑질이다.

네(參詣)치 못홀지라. 승샹(聖上)은 삼년(三年) 수유(須臾)를 쥬시면 도라가 병〈14b〉을 죠리(調理)ᄒ고 다시 도라와 승은(聖恩)을 갑ᄉ오리다."

상이 왈,

"죠정의 경(卿)이 일ᄉ(一日)도 읍시면 졍샤(政事)가 그릇 되오미 만으나 경의 병샹(病狀)이 글어ᄒ니 도라가 병을 챡실이 죠레(調理)ᄒ고 속히 도라와 나의 권ᄉ(眷眷)ᄒᄂ 뜻을 져바리지 말ᄂ."

ᄒ고 쏘 갈아샤ᄃᆡ,

"죠졍(朝廷)의 읏지 잠신(暫時)들 츙신(忠信)이 읍시리요? 경 ᄃᆡ신(代身)홀 샤람을 쳔거(薦擧)ᄒ라."

시랑이 황은을 샤레(謝禮)ᄒ고 예부낭즁(禮部郞中) 졍심(丁深)을 쳔거ᄒ여 몸을 〈15a〉 ᄃᆡ신(代身)케 ᄒ고 즉일(卽日)에 부인으로 더부러 습샨으로 도라가니라.

잇쩌 시랑이 습샨의 이르러 숑니샨(俗離山) 하의 단(壇)을 모고 부인으로 더부러 목욕직게(沐浴齋戒)ᄒ고 빅일긔도(百日祈禱)를 챡실이더라. 일ᄉ(一日)은 습샨 현승(三山縣丞)의 싱일쟌치 되여 시랑을 쳥(請)ᄒ얏거늘 시랑이 연셕(宴席)의 들어가 슈ᄉᆞᆷ비(數三盃) 먹은 후의 취흥(醉興)을 이긔 못ᄒ야 안셕(案席)의 ᄉᄉ지ᄒ여 잠간 죠흐던이 홀연 황뇽(黃龍) ᄒ나히 등쳔(騰天)ᄒ면셔

〈15b〉 쳥뇽(靑龍) 일곱이 쌀아 올나가거늘 마음의 희ᄼ ᄒᆞ야 씨여 현승(縣丞)을 샤례(謝禮)ᄒᆞ고 집으로 도라오니라.

챠셜(且說) 잇쩌 부인이 츈곤(春困)을 이기지 못ᄒᆞ야 난간(欄干)의 ᄼ지ᄒᆞ야 잠간 죠흐더니 홀연(忽然) 쳥의동자(靑衣童子) 흔 쌍(雙)이 옥젹(玉笛)을 불며 ᄂᆞ려오거늘 부인이 고히이 역여 문의 나 보니 동직 흔 노닌(老人)을 인도ᄒᆞ야 오거늘 부인이 눈을 들어 보니 골격이 쳥수(淸秀)ᄒᆞ고 형용(形容)이 비범(非凡)ᄒᆞ여 진간(塵間) 샤람은 갓〈16a〉지 안이 흔지라. 부인이 놀나 급히 이러 운의(雲衣)를 입고 예상(霓裳)을 잇글고 나가 노인을 마즈니 노인이 부인을 짜라 누샹(樓上)으로 올ᄂᆞ오ᄂᆞᆫ지라. 샹좌(上座)로 좌졍(坐定) 후에 부인이 두 번 졀ᄒᆞ고 엿쟈오ᄃᆡ,

"노인은 뉘신잇가?"

노인이 답왈,

"나는 시랑의 션싱 틱을션관(太乙仙官)이라. 시랑과 부인이 심덕(心德)이 거룩ᄒᆞ되 일졈(一點) 쇼싱(所生)이 읍셔 ᄂᆡ 그윽히 불샹히 역이ᄂᆞᆫ 비라. 그런고로 ᄂᆡ 왓노라."

ᄒᆞ고 품 가온ᄃᆡ〈16b〉로 누른 옥(玉) 흔 기(個)를 ᄂᆡ여

부인 품의 너어쥬며 왈,

"이ᄂᆞᆫ 쳔지간(天地間) 양기(陽氣)를 응(應)ᄒᆞ여 된 거시라 부인의 아달이 될 거시라."

ᄒᆞ고, ᄯᅩ 푸른 옥 일곱 기를 ᄂᆡ여 보이며 왈,

"이 거슨 쳔지간 음기(陰氣)를 응ᄒᆞ여 된지라 부인의 ᄌᆞ뷔(子婦) 되리라."

부인이 일희일경(一喜一驚) 왈,

"션관(仙官)의 어지신 덕튁으로 박복(薄福)ᄒᆞᆫ 쳡(妾)이 남ᄌᆞ(男子)를 웃스오니 덕튁이 하히(河海) ᄀᆞᆺ샤오나 일쳐일쳡(一妻一妾)은 남ᄌᆞ의 샹시(常事)라 웃〈17a〉지 칠쳐(七妻)를 취ᄒᆞ올이잇고?"

노인이 우어 왈,

"쳔정연분(天定緣分)이야 웃지 어긔리요? ᄯᅥ를 일치 말고 남ᄌᆞ(男子)를 잘 길으라."

ᄒᆞ고 인ᄒᆞ여 간 곳 읍ᄂᆞᆫ지라. 부인이 깃부멀 이기지 못ᄒᆞ야 ᄭᆡ여 보니 남가일몽(南柯一夢)[12]이라.

---

[12] 남가일몽(南柯一夢): 꿈같이 헛된 한 때의 부귀영화. 중국 당나라 때의 소설인 〈남가기(南柯記)〉에서 유래한 말이다. 당나라 덕종 때 광릉이란 곳에 순우분이라는 사람이 있었다. 그는 그의 집 홰나무 아래서 낮잠을 자다가 꿈에 대괴안국(大槐安國) 왕의 사위가 되어 20년 동안 지극한 부귀영화를 누렸는데, 꿈에서 깨어 보니 거기는 원래 자기 집이

맛참 시랑이 도라오는지라 부인이 느와 마져 좌정(坐定)후 시랑이 부인 다려 몽샤(夢事)를 셜화(說話)ᄒ니, 부인이 깃거 쏘 자기의 몽사를 셜화ᄒ고 인하여 왈,

"옛말의 일너씨되 지셩(至誠)이면 감쳔(感天)이〈17b〉라 ᄒ더니 과연 허언(虛言)이 안이로다!"

ᄒ고 셔로 깃부믈 이긔지 못ᄒ던이, 과연 그달븟터 티긔(胎氣) 잇셔 샤오샥(四五朔)을 지닌미, 시랑 부뷔(夫婦) 디희(大喜)ᄒ여 싱남(生男)ᄒ기를 기다리더니 밋 십삭(十朔)이 챠미, 부인 긔미 불평(不平)ᄒ면서 향ᄎᆔ(香臭) 일실(一室)의 진동(振動)ᄒ고, 오싴(五色) 치운(彩雲)이 집안의 옹위(擁衛)ᄒ더니, 부인이 일기(一個) 남쟈(男子)를 탄싱ᄒ니, 용묘(容貌) 쥰수(俊秀)ᄒ고 긔샹(氣象)이 헌앙(軒昻)ᄒ여 풍골(風骨)이 비범(非凡)ᄒ지라. 시랑 부〈18a〉뷔 디희디열(大喜大悅)ᄒ야 일홈은 '옥션(玉仙)'이라 ᄒ니, 션관(仙官)이 옥 쥬멸 응ᄒ미요, ᄌ(字)는 '승뇽(乘龍)'이라 ᄒ니 시랑의 몽즁(夢中)의 황뇽(黃龍)을 응ᄒ미라.

옥션이 졈〻 쟈라 샤오셰(四五歲)에 이르미 쳔하의

었고, 그 나라는 개미의 나라였다는 내용이다. 남가일몽이라는 말은 소설에서 보통 꿈을 꾸고 난 이후에 상투적으로 사용된다.

문쟝지샤(文章才士)를 갈희여 옥션을 갈으치더라.

흥진이비릭(興盡而悲來) 현샤이츅신(賢士而逐臣)
흥이 다 ᄒᆞ미 슬푸미 오고, 어진 신희 구양 가는도다

〈18b〉챠셜 잇ᄯᅢ 샹(上)이 노학을 돌녀 보닉고 졍심(丁深)으로 병부시랑(兵部侍郞)을 ᄒᆞ이시고 딕쇼졍샤(大小政事)를 위임(委任)ᄒᆞ시되, 졍심의 인직(人才)가 쟝시랑(張侍郞)의 밋지 못홀지라. 샹이 항샹 시랑(侍郞)을 싱각ᄒᆞ시더니 시랑이 흔(限)이 지닉도록 도라오지 은이 ᄒᆞ니 샹이 근심ᄒᆞ샤 ᄉᆞ신(使臣)을 보닉여 노학을 부루시니, 시랑이 명(命)을 응ᄒᆞ여 죠졍(朝廷)의 이르니, 샹이 반가이 인견(引見)ᄒᆞ시고 연고(緣故)를 무르신딕 시랑이 엿ᄌᆞ오되

"신〈19a〉이 샤십지년(四十之年)의 일기(一個) 남쟈(男子)를 어더 의ᄉᆞ(依依)흔 졍(情)을 쎄지 못흔 고로 죄(罪)의 범(犯)ᄒᆞ엿사오니 샹은 용셔ᄒᆞ시옵소셔"

샹이 딕희(大喜) 왈,
"어드 ᄯᅥ 나엇ᄂᆞ뇨?"

딕(對)왈,

"모월모일(某月某日)의 낫ᄉᆞ옵ᄂᆞ이다."

샹이 갈ᄋᆞ스딕,

"긔이(奇異)ᄒᆞᆫ 일이로다! 나도 그날 녀쟈(女子)를 탄강(誕降)ᄒᆞ엿시니, 곳 형샨공쥬라. 동일동시(同日同時)의 나흐니 쳔지간(天地間) 희귀(稀貴)ᄒᆞᆫ 닐로다!"

ᄒᆞ시고 죠회(朝會)를 파(罷)ᄒᆞ니라.

잇ᄯᅥ 샤방(四方)의 흉년(凶年)이 들어 빅〈19b〉셩(百姓)이 도탄(塗炭)의 들어 관셔(關西) 셕쥬지의 쳘강(鐵强)이란 지 잇셔 십만 군병을 모화 셩읍(城邑)을 치미 쳔히(天下) 요란ᄒᆞ여 관셔(關西) 관동(關東)의 쥬린 빅셩이 벌쩨쳐럼 이르ᄂᆞᆫ지라. 샹이 근심ᄒᆞ샤 호부시랑 쥬육(朱六)을 명쵸(命招)ᄒᆞ샤 왈,

"경이 호부(戶部)의 잇셔 읏지 빅셩을 도탄(塗炭)의 들게 ᄒᆞ야 샤방의 도젹이 이르ᄂᆞᆫ요?"

쥬육 고(告)왈, "그게 신의 죄(罪) 안이라, 병부시랑 쟝노학이 병부(兵部)의 잇셔 민졍(民情)의 어드온지라 〈20a〉 그런고로 싱녕(生靈)의 도탄의 드ᄂᆞ이다."

샹이 딕로(大怒)ᄒᆞ샤 시랑을 부르샤 딕척(大責) 왈,

"네 병부의 잇셔 읏지 날니를 짓ᄂᆞ요?"

시랑이 황공(惶恐) 샤례(謝禮) 왈,

"신(臣)이 병부의 잇샤와 도젹이 ㅆ러ᄂ오니 신의 죄(罪)ᄂ 만ᄉ무셕(萬死無惜)이로쇼이다."

ᄒ고 곳 퇴죠(退朝)ᄒ여 샤직쇼(辭職書)를 올니니 샹이 시랑의 샹쇼를 보시고 불샹히 역이샤 쥬육을 부르샤 문(問) 왈,

"샤방의 도젹이 이러나미 웃지 쟝녹학의 죄리오 아즉 용〈20b〉셔ᄒ여 쓰미 올타."

ᄒ신디 쥬육은 본디 간신(奸臣)이라 항샹 시랑을 미워ᄒ던이 이ᄊ를 타 샹게 엿쟈오디

"녹학이 쟝샤(將士)를 악독히 ᄒ야 빅셩이 노학을 베히고 침식(寢息)이 되겟다 ᄒ온이 승샹(聖上)은 살피쇼셔."

샹이 디로 왈,

"ᄂᄂ 노학을 후디(厚待)ᄒ엿던이 져ᄂ 비은망덕(背恩忘德)ᄒ야 도젹으로 하야금 일게 ᄒ니 맛당히 죽이리로다."

ᄒ시고,

"노학을 졍위(廷尉)의게 ᄂ려 치죄(治罪)ᄒ라."

ᄒ시니 예〈21a〉부시랑 졍심(丁深)이 샹소를 오녀 간(諫)ᄒ디 샹(上)이 듯지 안이 ᄒ시고 더욱 디로(大怒)ᄒ신디, 이부샹셔(吏部尙書) 이즁(李重)은 츙신(忠臣)이

라 샹쇼를 올녀 왈,

"쟝노학은 만고(萬古) 츙신(忠臣)이라. 읏지 간신(奸臣)의 말을 드르시고 츙신을 죽이려 ᄒ시ᄂᆞᆫ잇가?"

샹이 그 샹쇼를 보미 더욱 되로ᄒᆞ샤 쥬육(朱六)을 보인되 쥬육이 엿쟈오되

"노학과 이즁과 졍심은 다 ᄒᆞᆫ 당뉴(黨類)라 ᄒᆞᆯ 식(食)의 괴슈(魁首)여늘 신다려 도리혀 간시(奸臣)이〈21b〉라 ᄒᆞ오니 읏지 슬지 은이ᄒᆞ리요!"

샹이 왈,

"셰 놈의 죄ᄂᆞᆫ 죽여 맛당ᄒᆞᄂᆞ 임의 나의 각가히 부리던 신희(臣下)라 죽일 슈 읍시니 원방(遠方)으로 귀양 보ᄂᆡ여 져의 기과(改過)ᄒᆞᆯ 쩌를 기다리미 올타."

ᄒᆞ시고 쟝 시랑은 탐나(耽羅)국으로 원챤(遠竄)ᄒᆞ고 이 샹셔는 월낭(越浪)13)으로 안치(安置)ᄒᆞ고 졍심은 샥직(削職)ᄒᆞ여 셔인(庶人)을 샴으니 쥬육이 헐일읍셔 그디로 파죠(罷朝)ᄒᆞ니라.

잇쩍 시랑이 집으로 도라와 〈22a〉 옥션 모쟈(母子)를 불너 울며 왈,

---

13) 월낭(越浪) : 전라남도 진안의 옛 이름.

"노뷔(老父) 죄 즁(重)ᄒ야 만니(萬里) 타국(他國)의 귀양가니 샤라 도라올 길 읍ᄂᆞ지라, 늣게 나흔 쟈식의 영화를 못 보니 읏지 슬푸지 안이리요? 원컨듸 부인은 쳔만보즁(千萬保重)ᄒ여 옥션을 잘 길너 후일(後日)을 보소셔. 다만 나와 갓치 못 보니 읏지 흔이 되지 안이리요!"

부인이 이 말 듯고 방셩듸곡(放聲大哭)ᄒ야 졍신을 못 챠리고 옥션도 ᄯᅩᄒᆞᆫ 두 발〈22b〉을 구르며 울거늘 시랑이 옥션의 머리를 어로만지며 왈,

"우지마라! 니 오릐지 안이 ᄒ야 도라올 거시니 네 부듸 울지 말고 잘 잇다가 죠샹(祖上)의 음덕(陰德)으로 무고(無故)이 쟈라 나셔 아바의 원슈(怨讐)를 갑고 임군을 츙셩으로 셤기라."

ᄒ고 인ᄒ야 샤쟈(使者)를 ᄯᅡ라 가니, 옥션의 집이 난가(亂家)되야 초샹난 집 갓더라. 잇쩍 이 샹셔(李尙書)ᄂᆞ 무남독녀(無男獨女)를 두엇ᄂᆞ지라, 월낭으로 길을 〈23a〉 쩌늘시 집의 도라가 부인과 녀ᄌᆞ(女子)를 불너 일너 왈,

"니 이졔 츙신 쟝 시랑을 구원타가 간신(奸臣)의 화를 입어 원지(遠地)의 가니 부인은 져 홍능(紅綾)을 잘 길너 후일(後日)을 보소셔. 홍능의 진질(才質) 비범ᄒ야

필경(畢竟) 귀인(貴人)의 비필(配匹)이 될지라. 쟝 샹셔의 아달과 동년동일(同年同日)의 탄싱키로 그 일이 비범ᄒ야 혼샤(婚事)를 의논ᄒ고 밋쳐 졍(定)치ᄂᆞᆫ 못 ᄒ얏ᄉᆞ니 나 간 후에라〈23b〉도 그 집으로 혼인ᄒ야 훗길을 보쇼셔."

ᄒ고 인ᄒ여 쩌나가니 홍능 모져(母女) 딕셩통곡(大聲痛哭)하여 이별ᄒ더라.

잇ᄯᅥ 쥬육이 임의 츙신을 방츅(放逐)ᄒᄆᆡ 더옥 긔탄(忌憚)이 읍셔 샤신(使臣)을 보닉여 쳘강과 교통(交通)ᄒ여 쳘강은 외원(外援)이 되고 쥬육은 닉응(內應)이 되어 국가를 도모(圖謀)코져 ᄒ더라. 쥬육이 쟝 시랑의 아달이 영걸(英傑)ᄒ단 말을 듯 쳘강의게 글얼 보닉여 가만이 군샤를 보닉여〈24a〉 죽이여 후환(後患)을 읍시 ᄒ라 ᄒ니, 쳘강이 글을 보고 딕희(大喜)ᄒ야 곳 군샤(軍士)를 밤을 도와 쫏더라.

챠셜(且說) 잇ᄯᅥ 한 부인(韓夫人)이 시랑을 이별ᄒ고 쥬야(晝夜) 눈물노 셰월을 보닉더이 일ᄉ(一日)은 부인이 눈물을 닥고 난간(欄干)을 베고 인ᄒ야 죠흐더니 틱을션관(太乙仙官)이 쏘 하강ᄒ야 급(急) 머리를 흔들어 씨여 왈,

"화싴(禍色)이 박두(迫頭)ᄒ거늘 부인은 웃지 이디지

쟈는뇨? 이길노 밧비 동방오빅 〈24b〉 니 박글 나가 화(禍)를 피ᄒᆞ면 쟈연 구헐 샤람이 잇씨리니 급히 일러나라."

눈 쇼릭에 놀ᄂᆞ 씨니 일ᄀᆡ(一個) 츈몽(春夢)이라.

부인이 모골(毛骨)이 숑연(竦然)ᄒᆞ야 급히 옥션을 불너 몽샤(夢事)를 의논ᄒᆞ니 옥션이 엿쟈오딕

"쇼쟈(小子)의 몽샤(夢事)도 쏘흔 그러ᄒᆞ오니 반다시 쫏는 지 잇ᄂᆞ도다!"

ᄒᆞ고 급히 피신(避身)홀 방칙(方策)을 싱각홀시 부인이 옥션을 다라고 힝쟝(行裝)을 슈습(收拾)ᄒᆞ야 정처(定處) 읍시 ᄂᆞ가던이 잇쩌 쳘강의 군〈25a〉시 와 보니 일실(一室)이 비혀ᄂᆞ지라. 홀일읍셔 뒤를 쫏던이 슈습빅니(數三百里)를 달녀가니 부인과 옥션이 십니(十里) 안의 가ᄂᆞ지라. 그놈더리 홈셩(喊聲) 왈,

"너의 하날노 날것ᄂᆞ냐, 짜흐로 드러가것ᄂᆞ야, 어딘로 가리요?"

부인과 옥션이 도라보니 도젹들이 뒤에 잇ᄂᆞ지라, 딕경실식(大驚失色)ᄒᆞ야 쥭기를 긔 씨고 다라ᄂᆞ니 딕강(大江)이 압헤 당(當)ᄒᆞ지라.

부인과 옥션이 쌍을 두다리며 울어 왈,

"유ᄉᆞ챵〈25b〉쳔(悠悠蒼天)아! 읏지 이럿탓 궁(窮)ᄒᆞ게 ᄒᆞᄂᆞ뇨?"

ᄒᆞ고 방셩통곡(放聲痛哭)ᄒᆞ더니 ᄒᆞᆫ 곳을 바라보니 일엽편쥬(一葉片舟)의 쳥의동쟈(靑衣童子) 둘이 안젓ᄂᆞᆫ지라. 옥션 모ᄌᆡ(母子) 급히 ᄶᆞ쳐가 빅에 올너 ᄶᅥ나기를 지쵹ᄒᆞ니 동ᄌᆡ(童子) 노를 져허 가믹 일슌간(一瞬間)의 즁뉴(中流)의 든지라. 도젹들이 ᄶᅩ쳐와 보니 빅가 임의 범ᄉ 즁뉴(泛泛中流)ᄒᆞ엿거날 함셩(喊聲) 왈,

"요마ᄒᆞᆫ 아희들은 망명(亡命) 죄인을 실고 가니 너의 죽을 쥴을 모로ᄂᆞ냐? 〈26a〉 빅를 급피 도로겨라."

ᄒᆞ거늘 동ᄌᆡ 딕답지 안이 ᄒᆞ고 돗딕를 치며 노릭ᄒᆞ니 그 노릭의 ᄒᆞ엿시되,

"도젹 놈이 무죄(無罪)ᄒᆞᆫ 샤람을 죽이려 ᄒᆞ니 황쳔(皇天)이 엇지 미워ᄒᆞ지 안이 ᄒᆞ시리오? 망명(亡命) 죄인은 어딕 가고 열녀츙신(烈女忠臣)이 들어오는 쏘다."

ᄒᆞ엿더라. 그 도젹 놈이 헐일읍셔 각ᄉ 히여져 〈26b〉 가더라. 슈유간(須臾間)의 이빅니(二百里) 쟝강(長江)을 근너 빅가 어덕의 다ᄉ르니 부인과 옥션이 샤례(謝禮) 왈,

"공쟈(公子)의 덕을 입어 두 목슘이 살엇시니 은혜 지극ᄒᆞ도다."

동ᄌᆡ 우어 왈,

"쇼동(小童)은 틱을션궁(太乙仙宮)의 시동(侍童)이

라. 션관(仙官)의 명(命)을 밧고 왓스오니 부인은 치샤(致謝) 마시고 공쟈(公子)로 쳔만 보즁(保重)ᄒᆞ옵쇼셔."

ᄒᆞ고 갓 곳 읍거늘 부인과 옥션이 공즁(空中)을 향ᄒᆞ야 무슈히 층샤(稱謝)ᄒᆞ고 집팡 막〈27a〉ᄃᆡ을 잇글고 산곡(山谷)을 너머가니 심곡(深谷)의 실피운ᄂᆞᆫ 원셩이 쇼ᄅᆡ와 고목(古木)의 울고 가는 싀쇼ᄅᆡ 샤람의 회포(懷抱)를 돕ᄂᆞᆫ 듯ᄒᆞᆫ지라. 부인과 옥션이 비회(悲懷)를 졍(定)치 못ᄒᆞ야 일쟝(一場) 통곡(痛哭)ᄒᆞᆫ 후 모지(母子) 셔로 위로(慰勞)ᄒᆞ야 잇글고 촌촌(村村)히 견진(前進)ᄒᆞ고 가가(家家)이 걸식(乞食)ᄒᆞ야 이러구로 슈십일(數十日) 만의 ᄒᆞᆫ 곳ᄃᆡ 다ᄃᆞ르니 샨쳔이 슈려ᄒᆞ고 쵸목이 총농(葱蘢)ᄒᆞᆫᄃᆡ 샨셰(山勢)ᄂᆞᆫ 싹근 듯ᄒᆞ야 ᄉᆞ면(三面)〈27b〉으로 둘너 잇고 쟝강(長江)은 압흘 막어 잇시미 빅길만 슷으미 샤람이 통ᄒᆞᆯ 길이 읍ᄂᆞᆫ고로 가히 피란(避亂)ᄒᆞᆯ지라. 옥션 모쟈(母子) 그 마을을 쳐져 들어가니 그 마을 일홈은 빅뇌촌(百樂村)이라. 빅 쥬부(白主簿)란 샤람이 고ᄃᆡ광실(高臺廣室)을 이록ᄒᆞ고 죠히 견듸ᄂᆞᆫ지라. 옥션 모쟈 그 집의 들어가 아참을 으더 먹고 후원(後園) 소나무 아릐의 가 죠흐니라.

옥션 모쟈의 승명(生命)이 맛참 읏〈28a〉지 된 지 ᄯᅩ 하권(下卷)을 쟈셔히 보라.

칠미인연유기 권지이

〈1a〉챠셜(且說) 빅 쥬부(白主簿)의 일홈은 화(華)요, 쟈는 군봉(群鳳)이니 늣도록 싱샨(生産)를 못ᄒ다가 샤십여셰(四十餘歲) 틴을션관(太乙仙官)의 몽샤(夢事)를 웃어 일기(一個) 여자를 탄싱ᄒ니 형용이 졀묘ᄒ고 골격이 화려ᄒᆫ지라, 쥬부의 부뷔(夫婦) 샤랑ᄒ야 일홈을 췌란(翠鸞)이라 ᄒ더라.

췌란이 졈ᄉ 쟈라미 직죄(才操) 비범ᄒ고 성품이 총명ᄒ야 비파(琵琶)를 잘 쳐 우의에샹〈1b〉곡(羽衣霓裳曲)14)과 고샨뉴슈곡(高山流水曲)15)을 잘 두다리니 쥬뷔

---

14) 우의예상곡(羽衣霓裳曲) : 흔히 예상우의곡이라고 한다. 신선들의 세계인 월궁(月宮)의 음악을 모방해 만든 곡조라고 한다.

15) 고샨뉴수곡(高山流水曲) : 백아가 종자기에게 들려주었다고 하는 곡조. 백아가 마음으로 높은 산을 생각하며 연주하자 종자기가 알아보고 그 느낌이 태산같이 웅장하다고 하며 감탄했고, 또 큰 강을 생각하며 연주했더니 황하와 같이 도도함을 찬탄했다는 고사에서 비롯된 곡조로, 풍류의 곡조를 잘 아는 사람이 아니면 알지 못할 미묘한 거문고의 소리를 비유적으로 이르는 말이다. 여기서는 고유명사로 하나의 '곡(曲)'으로 보았다.

(主簿) 샤랑ᄒ야 어진 비필(配匹) 웃기를 싱각ᄒ더라.

잇쩍 쥬뷔 쵸당(草堂)의 안져 잠간 조흐던이 비몽샤몽(非夢似夢) 간의 쳥농황농(靑龍黃龍)이 후원(後園) 쇼나무 아릭에 올너 가거늘, 마음의 괴이히 역엿던이, 틱을션관(太乙仙官)이 하강(下降)ᄒ야 일너 왈,

"이졔 귀인(貴人)이 가닉(家內)의 잇시니 급히 ᄂ가 구ᄒ라."

ᄒ거늘 쥬뷔 끼여 보니 남가일몽(南柯一夢)이라.

닉당(內堂)의 들어가 부인다려 몽샤(夢事)〈2a〉를 셜화(說話)ᄒ니 부인 왈,

"나도 쪼흔 몽샤(夢事) 그러ᄒ지라, 취란(翠鸞)을 탄싱(誕生)키는 틱을션관(太乙仙官)의 덕이라, 이졔 션관이 쏘 현몽(現夢)ᄒ니 심히 고이ᄒ도다!"

ᄒ고 곳 후원(後園)의 들어가 보니 웬 녀인(女人)과 동지(童子) 쇼나무 아릭에셔 쟈ᄂ지라. 쥬뷔 급히 옥션을 씌워 무른딕, 々(對)왈,

"날니를 만나 피란ᄒ여 이곳의 왓ᄂ이다."

쥬뷔 동쟈의 힝식을 본이 용뫼(容貌) 츌즁(出衆)ᄒ지〈2b〉라. 쥬뷔 긔이(奇異)희 역여 일홈을 무른딕 딕왈,

"셩(姓)은 쟝(張)이요 일홈은 옥션(玉仙)이로쇼이다."

쥬뷔 쏘 나흘 무른디 ㅅ왈(對曰),

"십삼셰(十三歲)로쇼이다."

싱일(生日)을 무른디 그 나와 싱일싱시(生日生時)가 취란과 호발(毫髮)도 틀님이 읍는지라. 쥬뷔 더옥 긔특이 역여 집으로 도라가기를 쳥흔디 부인이 의아(疑訝)ㅎ여 자져(赵趄)ㅎ거놀 옥션이 고(告)왈,

"모친(母親)은 염녀치 마르쇼셔. 쥬인의 힝식(行色)을 살펴〈3a〉보니 관후쟝쟈(寬厚長者)라. 필경 히(害)할 니 만무(萬無)ㅎ고 쏘 틱을션관의 동방(東方) 오빅니(五百里) 박기 곳 여긘 듯 ㅎ오니 의심치 말고 가샤이가."

쥬뷔 틱을션관의 몽샤(夢事)란 말을 듯고 더옥 고히 역여 부인과 옥션을 인도ㅎ여 집의 도라가 부인은 닉실(內室) 별당(別堂)의 모시고 옥션은 외당(外堂)의 두고 힝동을 살펴보니 긔샹(氣像)의 비범(非凡)흔지라.

쥬뷔 샹량(商量)ㅎ야 별당의 들어가 취란과 갓치〈3b〉 공부ㅎ더라. 일ㅅ(一日)은 옥션이 힝중(行中)으로 옥져(玉笛)를 닉여 별당 안의셔 분이, 소리 쳥아(淸雅)ㅎ여 취란(翠鸞)의 비파(琵琶)와 곡죄(曲調) 셔로 맛져 일쌍쳥학(一雙靑鶴)을 츔취는지라. 쥬뷔 옥져 쇼리를 들으미 몽즁(夢中)의 틱을션관의 옥져 들음 갓흔지라. 딕경(大驚)하야 별당의 들어가니 옥션은 비파를 응ㅎ야

옥져를 불고 취란은 옥져를 쌀어 비파를 두다리〈4a〉니 두 쇼리 셔로 화(和)ᄒ야 샤람의 졍신을 황홀케 ᄒᄂ지라.

쥬뷔 디희(大喜) 왈,

"우리 여아(女兒)의 비파 곡죄(曲調) 놉히 화답(和答)ᄒᄂ 이 읍던이 ㅅ제 너 능히 맛쵸니 그 옥쇼를 어늬 곳으로 좃쳐 어더ᄂ뇨?"

옥션이 ㅅ러 졀ᄒ고 쓸어안져 옥져 으든 곡졀(曲折)을 낫ㅅ치 고ᄒᄋᆫ디 쥬뷔 챠탄불이(嗟歎不已)ᄒ고 곳 닉당의 들어가 부인다려 일너 왈,

"이제 여아의 비필을 졍ᄒ엿도다! 옥션의 〈4b〉 용뫼(容貌) 츌즁(出衆)ᄒ니 타일(他日)의 부귀(富貴)할 긔샹이요, 그 옥져 쇼릭ᄂ 틱을션궁(太乙仙宮)으로 좃챠 온 쇼릭라. 아마 싱각건디 틱을(太乙)이 옥션을 인도하야 우리 여ᄋ(女兒)의 비필(配匹)을 졍케 ᄒ시미라. 쳔시(天時)를 일으면 반다시 앙홰(殃禍) 밋칠이로다."

부인이 이 말 듯고 이로디

"져의 둘이 싱일싱시(生日生時) 갓ᄒ니 쏘ᄒ 고이ᄒᆫ 일이라. 쳔졍연분(天定緣分)을 어긔지 마사이다."

ᄒ고 곳 닉실(內室)의 들어가 ᄒᆫ 부인 다려 〈5a〉 혼샤(婚事)를 말ᄒᆫ디, 부인이 울며 디왈(對曰),

"쥬인의 은덕이 하히(河海) 갓샤와 갑흘 길이 읍는 즁의 혼샤를 말슴ㅎ시니 도망ㅎ는 샤람을 이디지 후디(厚待)ㅎ시니 감샤무지(感謝無地)라, 읏지 허락지 안으리요만난 다만 원방(遠方)의 가 잇난 가군(家君)이 보지 못할 일을 싱각ㅎ니 가샴이 무여지는도다."

ㅎ고 곳 허락ㅎ거놀 부인이 반겨 ᄂ와 쥬부다려 그 말을 젼ㅎ고 곳 길일(吉日)을 갈희니라. 옥션이 ᄼ 말 듯고 닉실의 들어〈5b〉가 흔 부인게 고왈(告曰),

"쇼지 일쟉 듯샤온즉 부친과 이 샹셔(李尙書)가 혼샤(婚事)를 말슴ㅎ셧다 ㅎ오니 혼체(婚處) 임의 졍흔지라 읏지 경션(輕先)이 허락ㅎ신잇고?"

부인이 울며 왈,

"네 말도 올타마는 이 샹셔 집 혼셜(婚說)은 말만하고 졍턴 안이 ㅎ엿고 쏘 우리 모지(母子) 쥬인의 후은(厚恩)의 입엇씨니 읏지 허락지 안이리요? 셩인(聖人)도 권도(權道)16)를 씨ᄂ니 무슴 닐을 읏지 고집ㅎ리요?"

ㅎ더라.

잇쩌 쥬뷔 죠흔 날을 갈이여 젼안(奠雁)17) 〈6a〉 셩녜

---

16) 권도(權道) : 목적 달성을 위해 그때그때의 형편에 따라 임기응변으로 일을 처리하는 방도. 정도(正道)에 대비되는 말이다.

(成禮) 홀시 실낭신부(新郎新婦)의 성(盛)혼 녜모(禮貌)와 빗는 풍치(風采)는 쳔고(千古)의 읍는 비요, 신방(新房)을 챠린 후의 실낭신뷔 마죠 안져 옥져(玉笛)와 비파(琵琶)로 셔로 젼일(前日)의 미흡(未洽)흔 졍연(情緣)을 다시 이으니 그 안이 죠흘이요? 취란이 글을 지여 옥션을 쥬니 그 글의 흐엿시되,

"금셕(今夕)이 뭇되 무슴 져녁인고? 비파(琵琶) 쇼릭로 현군(賢君)을 마졋도다. 이 쟈리 웃지 우연ᄒ리요! 졍의(情誼)가 졍히 은근ᄒ도다. 현랑(賢郎) 갓흔 쳥표(淸標)는 야학(野鶴)이 돍의 무〈6b〉리의 슴 갓도다. 날갓틋쳔(賤)ᄒ 쟈질(資質)은 본듸 우운(雨雲)을 화(和)ᄒ미 안이로다. 군자(君子)는 일노 좃쳐 비로쇼 ᄒ야(何耶)오. 즉 원컨듸 용의(用意)를 부즐언이ᄒ라"

ᄒ엿더라.

잇썩 양인(兩人)이 셔로 글을 지여 질기더라.

이러구로 슈년(數年)이 지느지라. 옥션이 미인(美人)을 으드믹 질거오미 긔약지 못ᄒ 것시ᄂ 부친이 원방(遠

---

17) 젼안(奠雁) : 혼례 때 신랑이 기러기를 가지고 신부의 집에 가서 상 위에 놓고 절함. 또는 그런 예(禮). 산 기러기를 쓰기도 하나 대개 나무로 만든 것을 쓴다.

方)의 잇시믈 싱강ᄒᆞ미 쥬야(晝夜) 근심ᄒᆞ야 죠졍(朝廷)의 들어가 임군을 셤겨 부친의 원슈⟨7a⟩를 갑고져 ᄒᆞ되 편(便)을 웃지 못ᄒᆞ야 항샹 울ᄉᆞᆨᄒᆞᆫ 마음을 이긔지 못ᄒᆞ더라.

호방(戶房)의 고괘명(高掛名) 여피(儷皮)로 우결연(又結緣) 호방의 놉히 일홈을 걸고, 여피18)로 쏘 인연을 믿난 쏘다

각셜 잇썩 쥬육(朱六)이 조졍(朝廷)을 탁난(濁亂)ᄒᆞ야 쳘강(鐵强)이 군병(軍兵)을 거ᄂᆞ리고 경셩(京城)으로 들어와 왕을 겹박(劫迫)ᄒᆞ니 쥬육이 왕을 달닉여 항복(降伏)ᄒᆞ라 ᄒᆞ되 왕⟨7b⟩이 헐일읍셔 항복고져 ᄒᆞ더니, 공부시랑(工部侍郞) 샤션은 츙신이라, 엿자오되

"이제 불힝이 쳔히(天下) 날니(亂離) 즁의 들어 난신젹자(亂臣賊子)가 경셩(京城)의 범(犯)ᄒᆞᆷ믄 신자(臣子)의 분울(憤鬱)ᄒᆞ난 비라, 웃지 도젹의게 항복ᄒᆞ야 슘빅

---

18) 여피(儷皮) : 암수 한 쌍의 사슴 가죽. 혼례의 폐물로 쓰인다.

년(三百年) 종사(宗社)를 위틱게 ᄒ리잇고?"

왕이 샤션으로 의논을 졍ᄒ야 강화부(江華府)의 파쳔(播遷)ᄒ야 도읍(都邑)을 졍(定)ᄒ고 군사를 길너 도젹을 치되 인직(人才)을 구ᄒ야 승평(昇平) 후일(後日)을 보샤이다 ᄒ고 그날노 곳 강화부로 파쳔ᄒ야 도읍을 졍ᄒ니라.

잇찌 왕이 〈8a〉 쥬육이게 속으시멀 분히 역이고 츙신을 방츅(放逐)ᄒ멀 민망히 역이샤 쥬육(朱六) 베힐 게교(計巧)를 군신(群臣)다려 무른신듸 사션이 다시 엿자오듸,

"쥬육이 쳘강으로 교통(交通)ᄒ엿씨니 속히 도모키 어려울지라. 원컨듸 왕은 쟌신(竄臣) 쟝노학(張老學)과 니즁(李重)을 부르사 조졍의 두고 젼(前) 시랑 졍심(丁深)을 씨사 인직(人才)를 구ᄒ소셔."

샹이 올히 역이사 쟝 시랑 이 샹셔를 명쵸(命招)ᄒ랴 ᄒᄂ들 만리(萬里) 박게 잇ᄂ 지라, 웃지 올 쉬 잇씨리오. 허희탄식(歔欷歎息)ᄒ시고 ᄯᅩ 졍심을 부〈8b〉르샤 보시고 일너 왈,

"짐(朕)[19]이 경을 보미 실노 참괴(慙愧)ᄒ도다."

ᄒ시고 곳 이부샹셔(吏部尙書)ᄒ이시고

"인직를 구ᄒ라."

ㅎ시니, 졍 샹셰 황은(皇恩)을 감스히 츅슈(祝手)ㅎ고 다시금 엿자오디

"방금 쳔히삼분지이(天下三分之二)ᄂᆞᆫ 쥬육의게 붓친지라. 인지를 구코쟈 할진딘 과거(科擧)를 다시 뵈여 츙신열샤(忠臣烈士)를 구ㅎ미 가ㅎ니이다."

샹이 올히 역이시더라.

잇쩍 옥션이 왕이 강화부의 파쳔(播遷)ㅎ샤 츙신 방츅(放逐)ㅎ믈 후회ㅎ신단 말솜을 듯고 한 부인긔 고〈9a〉 왈,

"부친(父親)은 원방(遠方)의셔 도라오시지 못ㅎ고 역젹(逆賊)은 됴졍(朝廷)을 웅거(雄據)ㅎ야 쳔쟈(天子)를 겁박(劫迫)ㅎ다 ㅎ니 쇼쟈(小子)의 ᄒᆞᆫ거름을 빌니시면 능히 임군을 위ㅎ야 츙셩으로 셤기고 부친(父親)을 위ㅎ야 원슈(怨讐)를 갑흘이ㅅ다."

부인이 우러 왈,

---

19) 짐(朕) : 황제가 자기 자신을 지칭하는 말. 한국에서는 고려 태조 때부터 임금이 스스로 '짐'이라 했으나 중국 원(元)나라의 간섭을 받기 시작한 충렬왕 때부터 '고(孤)'로 고쳐서 사용했다. 조선 시대의 역대 왕들은 주로 '과인'이라 하다가 1897년(광무 1) 고종이 국호를 대한제국으로 고쳐 중국과 종속관계를 끊고 황제에 오르면서 '짐'이라는 칭호를 사용했다.

"네 말이 실노 쟝부(丈夫)의 말이라. 그러나 방금 도적이 편만(遍滿)ᄒᆞ니 읏지 고히 가기를 바라리요?"

옥션이 구지 쳥ᄒᆞ여 왈,

"인싱(人生)이 싱겨난 바는 부모를 인(因)ᄒᆞ미라. 이제 말니(萬里) 박게 잇는 부친(父親)을 구(救)치 못ᄒᆞ면 읏지 ᄒᆞ〈9b〉론들 편이 잇슬이잇고? 쳥컨딕 ᄒᆞᆫ번 가 보리이다."

부인이 마지못ᄒᆞ야 허락ᄒᆞ니 옥션이 빅 쥬부(白主簿)게 이 말을 고ᄒᆞ고 부인과 쥬부의게 빅별(拜別)ᄒᆞ고 빅 부인으로 쟉별(作別)ᄒᆞ고 인하여 길을 쎠날시 밍셰 왈,

"닉 능히 도적(盜賊)을 소멸(掃滅)ᄒᆞ야 죠졍을 말키지 못ᄒᆞ면 드시는 이 곳딕 이르지 못ᄒᆞ리라."

ᄒᆞ고 인하야 승명(姓名)을 변(變)ᄒᆞ고 은신(隱身)ᄒᆞ야 힝홀시 슈십일(數十日)만의 강화부(江華府)의 이르니 잇씨 죠졍이 쵸쵸(悄悄)ᄒᆞ고 경시(京師) 챵읭(蒼靈)ᄒᆞ야 왕도(王都)의 모〈10a〉양이 죠금도 읍는지라. 옥션이 허희탄식(歔欷歎息)ᄒᆞ고 여관(旅館)을 졍ᄒᆞ고 두류(駐留)ᄒᆞ더라. 잇씨 샹이 졍심으로 샹시(尙書)를 ᄒᆞ이시고 쳔하인ᄌᆡ(天下人才)를 구ᄒᆞ려 홀시, 관령(官令)을 닉려 쳔하ᄌᆡ사(天下才士)를 모흐더라.

옥션이 여관(旅館)의 유(留)훈 지 슈일(數日)의 홀연(忽然) 숨오야(三五夜)를 당훈지라. 월식(月色)은 교결(皎潔)ᄒ고 싀소릭 요란(搖亂)ᄒ야 시인(詩人)의 흥(興)을 돕는 듯훈지라. 졍샹(庭上)의 빅회(徘徊)타가 젼ᄼ(輾轉)ᄒ야 한 곳딕 일으니 슈목(樹木)이 숨쳔(森天)훈 가온딕 고루거각(高樓巨閣)이 즐비(櫛比)ᄒ고 쏘 흔 〈10b〉 곳의 다ᄼ르니 도화(桃花)는 난발(爛發)ᄒ고 버들가지 느러진 가온딕 거문고 쇼릭 쳥아(淸雅)히 나며 글 읍는 쇼릭 거문고 곡죠(曲調)를 응(應)ᄒ야 나는지라. 옥션이 황홀ᄒ야 월ᄒ(月下)로 바라보니 양기(兩個) 여지(女子) 은연(隱然)이 안져 셔로 희롱(戲弄)ᄒ는지라. 옥션이 귀를 기울여 들으니 거문고 곡죠의 ᄒ엿시되,

"쳥산(靑山)은 챠아(嵯峨)ᄒ고 녹슈(綠水)는 쟌은(潺殷)이라. 부혜싱아(父兮生我)[20] ᄒ오시니 호쳔지덕(昊天之德) 갓흔지라. 날 갓탄 쵸로(草露) 〈11a〉 인싱 여자로 싱겨ᄂ셔 부모(父母) 은혜(恩惠) 모로오니 샤람 일홈 어딕 잇노! 츄풍무샨(秋風巫山) 십이봉(十二峰)과 츈우

---

20) 부혜싱아(父兮生我) :《시경》〈소아〉〈육아(蓼莪)〉편에 보이는 표현. "아버님 날 낳으시고(父兮生我), 어머님 날 기르셨으니(母兮鞠我)."

동정(春雨洞庭) 칠빅니(七百里)의 우리 부친(父親) 여관한등(旅館寒燈) 고국(故國) 회포(懷抱) 금(禁)할소냐? 말니(萬里) 관산(關山) 흠(險)호 슈토(水土) 긔톄후(氣體候)는 만강(萬康)인지 이늬 회푀(懷抱) 연々(戀戀)호야 쥬야장쳔(晝夜長川) 슬푸도다!"

호얏더라. 곡죠(曲調)를 일우미 글 을푸던 여지(女子) 츄연(惆然)이 일어 왈,

"오날 밤 달발기로 우리 양인(兩人)이 월식(月色) 〈11b〉을 구경코쟈 후원의 비회(徘徊)호야 거문고를 희롱(戲弄)호야 학(鶴)의 춤을 구경코쟈 호얏거날 이낭(李娘)은 웃지 슬푼 곡죠(曲調)를 호는요?"

그 낭시(娘子) 우어 왈,

"졍낭(丁娘)은 젼일(前日) 근심을 씨슨다시 쇼멸(消滅)호얏거니와 나는 어늬 씩 다시 일월(日月)을 보리요."

호고 인호야 우는 소릭 벽옥(碧玉)을 쳘퇴(鐵槌)로 부슈는 듯흔지라. 옥션이 멀니 안져 구경타가 이윽히 헤오딕,

'져 여지(女子) 필경(畢竟) 부모의 근심이 잇는도다.'

호고 인호야 옥져(玉笛)를 닉여 그 거문고 곡조(曲調)를 응하여 부〈12a〉니 그 곡죠의 호얏씨되,

"명월(明月)은 빅쥬(白晝) 갓고 쳥풍(淸風)은 고인(古人) 갓도다. 어와 인싱 일 셰간(世間)의 근심할 닐 허다컨만 부모의 근심됨은 인쟈(人子)의 당연(當然)이라. 남녀(男女) 분별(分別) 잇씨리요? 어와 셰샹 벗님네야! 이늬 말을 들어 보쇼. 남의 문즁(門中) 만득자(晚得子)로 부모(父母) 영화(榮華) 다 못 보고 말니 담 나가오시니 쇼식죠챠 망연(茫然)ᄒ다. 인싱세간(人生世間) 싱겨ᄂ셔 부모 원슈(怨讐) 못 갑흐면 인쟈(人子) 도리 되올 숀가? 탄금(彈琴) 쳥〈12b〉죠(淸調) 들어 보니 이늬 셔름 ᄒ가지라. 남녀(男女)ᄂ 달으건만 셔름은 갓흔지라. 어늬 날 동밍(同盟)ᄒ야 부모 원슈(怨讐) 갑흘숀냐?"

하엿더라.

옥져(玉笛) 쇼릭 이럿탓 쳥아(淸雅)히 나니 두 여쥐(女子) 이윽히 듯다가 고히 역여 왈,

"져 샤람이 필경(畢竟) 회푀(懷抱)잇ᄂ 사람이로다."

이낭(李娘)이 인ᄒ여 딕셩통곡(大聲痛哭)ᄒ니 졍낭(丁娘)이 곡졀(曲折)을 무른 딕, 니낭이 우름을 머금고 딕왈,

"우리 부친이 죠졍(朝廷)의 게실 쩍의 쟝 샹셔(張尙書)와 졍의(情誼) 돗타와 쟝 샹셔의 아달〈13a〉과 의혼(議婚)하였던이 ᄉ제 부친(父親)과 쟝씨 흔가 졍비(定

配)ᄒᆞ엿씨니 그 후는 막연(漠然)히 쇼식 읍는지라. 늬 몸을 임의 쟝문(張門)의 허락ᄒᆞ엿씨니 다른 뜻슨 읍는지라. 이졔 옥져(玉笛) 곡조를 들으믹 졔 필연(必然) 쟝 시랑(張侍郎)의 아달이로다."

ᄒᆞ며 인ᄒᆞ야 통곡(痛哭) 왈,

"쟝 공자(張公子)는 남쟈의 몸이 되야 부친의 원슈(怨讐)를 갑흐련만 날 갓튼 쳔(賤)ᄒᆞᆫ 여자야 웃지 복슈(復讐)ᄒᆞᆯ 길 잇씨리요!" ᄒᆞ고 셜허ᄒᆞ거늘 졍낭이 붓드러 말녀 왈,

"쳥쳔(青天)이 무심(無心)치 안이시니 〈13b〉 필경(畢竟) 씩를 보와 부친(父親)을 뵈옵고 군쟈(君子)를 만날 씩 잇시리니 너머 셜어 말ᄂᆞ."

ᄒᆞ고 붓들고 방으로 들어가거날 옥션이 담을 너머들어가 쵸당(草堂)의 들어가니 두 낭ᄌᆞ(娘子) 외면(外面) 왈,

"그대는 남쟈의 몸이라. 웃지 들어오는뇨?"

옥션이 우어 왈,

"나는 곳 향긔를 도젹ᄒᆞ는 나뷔요, 물을 찻는 길어귀라. 웃지 헤아릴 빅 잇시리요. 이졔 내 빅년 정연졍회(情緣情懷)를 셜화(說話)코자 왓씨니 낭쟈는 고히 역이지 말나. 〈14a〉 나의 셩은 쟝이요, 명은 옥션이니 젼(前) 병

부시랑(兵部侍郎)의 아달이라. 그딕는 니 샹셔(李尙書)의 녀지(女子) 안인야?"

그제야 니낭(李娘)이 울며 돌어안져 왈,

"닉의 부친(父親)과 쟝 시랑은 관포지교(管鮑之交)[21]라도 밋지 못홀지라. 이졔 우리 슬지 안이리요? 첩에 명되(命途) 긔구(崎嶇)ᄒᆞ야 부친(父親)을 말니(萬里) 박긔 보닉고 모친(母親)을 모시고 잇슬 곳을 몰나 이 집이 우거(寓居)ᄒᆞ니 이 집은 곳 졍 샹셔(丁尙書)의 집이요, 졍 샹셔는 우리 모친의 외죵(外從)이라. 졍 샹셰 우리 모져(母女)의 〈14b〉 실쇼(失所)ᄒᆞ믈 불샹히 역이샤 이디지 관딕(款待)ᄒᆞ시기로 쳡(妾)이 졍 샹셔의 여자 치봉(彩鳳)으로 졍의(情誼) 돗타와 형졔(兄弟)처럼 지닉던이 오늘 밤의 졍쇼졔(丁小姐)의 잇글멀 입어 후원(後園)의 빗회(徘徊)타가 비회(悲懷)를 금치 못하야 우연이 슬푼 곡조(曲調)를 이루엇던이 읏지 공자의게 들님이 될 쥴을 ᄯᅳᆺᄒᆞ엿씨리요?"

ᄒᆞ고 인ᄒᆞ야 부친 복슈홀 셜화(說話)를 낫ᄎᆞ치 ᄒᆞ더

---

[21] 관포지교(管鮑之交) : 옛날 중국의 관중(管仲)과 포숙(鮑叔)의 사귐. 관중은 자신의 일생을 돌이켜보면서 자기를 낳아 준 사람은 부모이고 자기를 알아준 사람은 포숙이라 했다.

라.

잇씨 뎡 쇼졔는 문박그로 ᄂ가고쟈 ᄒ거늘 니 쇼져 붓〈15a〉드러 좌졍(坐定) 왈,

"나와 낭쟈는 살아도 맛당히 ᄒ가지 살 거시오. 죽어도 ᄯ흔 ᄯ가지 죽을지라. 이졔 읏지 이 쟈리를 피ᄒᄂ뇨?"

졍낭(丁娘)이 발연(勃然) 왈,

"낭자(娘子)는 빅년 쇼회(所懷)ᄒ던 군쟈를 만나 부친 복슈키를 원커니와 나는 읏지 이 쟈리에 참에(參預)ᄒ리요?"

니 쇼졔(李小姐) 우에 왈,

"낭쟈는 예견 샤긔(史記)를 보지 못ᄒ엿ᄂ잇가? 요(堯)[22]임군의 이녀(二女) 아황여영(娥皇女英)[23]이 ᄒ가

---

22) 요(堯) : 요를 이은 순(舜)과 아울러 '요순의 다스림'이라 해, 예로부터 중국에서는 가장 이상적인 군주로 알려져 왔다. 요의 사적(事績)은 《상서(尙書)》의 〈요전(堯典)〉이나 《사기(史記)》의 〈오제본기(五帝本紀)〉에 기록되어 있는데, 후세의 유가사상(儒家思想)에 의해 과도하게 수식 미화되어 있어서 실재성은 빈약하다. 《사기》 등에 의하면 요는 성을 도당(陶唐), 이름을 방훈(放勳)이라고 한다. 오제(五帝)의 하나인 제곡(帝嚳)의 손자로 태어나면서부터 총명해 제위에 오르자, 희화(羲和) 등에게 명해 역법(曆法)을 정하고, 효행으로 이름이 높았던 순을 등용해 자신의 두 딸을 아내로 삼게 하고 천하의 정치를 섭정(攝政)하

지 슌(舜)임군의게 갓씨니 쟈고(自古)로 이런 법이 읏지 읍시리오? 낭지 이졔 〈15b〉 뵉년가약(百年佳約)을 미지면 쳡(妾)은 잉쳡(媵妾)이 되기를 원ᄒᆞ노이다."

졍 쇼졔(丁小姐) 그졔야 돌어안져 샴인이 샹듸(相對)ᄒᆞ야 졍 샹셔와 니 샹셔와 쟝 시랑의 죠흔 의를 셔로 셜화ᄒᆞ더라.

이젹의 이 쇼졔 쟝 공쟈다려 일너 왈,

"담을 넘어 샹죵(相從)ᄒᆞᆫ 셩현(聖賢)의 크게 조(嘲)로 역이시ᄂᆞᆫ 빅라. 우리 읏지 녹ᄭᅡ(碌碌)ᄒᆞᆫ 소인(小人)의 힝샤(行事)를 본바들이오? 이번의 졍 샹셔가 샹시(上試)가 되시니 졍 쇼졔의 글을 어더 보면 필경 등과(登科)ᄒᆞᆯ 거시오. 이번 등과〈16a〉ᄒᆞᄂᆞᆫ 샤람은 분명 졍 샹셔(丁尙書)의 셔랑(壻郞)이 될 거시니 공지(公子) 친히 졍 쇼졔(丁小姐)를 맛고 쳡(妾)을 잉쳡(媵妾)[24]으로 버리지

게 했다. 요가 죽은 뒤, 순은 요의 아들 단주(丹朱)에게 제위를 잇게 하려 했으나, 제후들이 순을 추대하므로 순이 천자에 올랐다고 한다.

23) 아황여영(娥皇女英) : 요임금의 두 딸로 모두 순임금에게 시집을 갔다. 순이 천자가 되자 아황은 후가 되고 여영은 비가 되었다. 그 후 순이 죽자, 순을 따라 강에 빠져 죽어 상군(湘君)이 되었다.

24) 잉첩(媵妾) : 귀인(貴人)에게 시집가는 여인이 데리고 가던 시첩(侍妾). 신부의 질녀와 여동생으로 충당했다.

안이ᄒᆞ실진닌 쳡이 죽어도 은혜를 잇지 안이 ᄒᆞ오리이다."

이적의 졍 쇼졔 칙샹(冊床) 안으로 글 ᄒᆞᆫ 편을 늬여 쥬며 왈,

"이 글 가지고 등과(登科)ᄒᆞ야 다시 후일을 보쇼셔."

ᄒᆞ거날 옥션이 딕희(大喜)ᄒᆞ야 글을 바다 늣코 후일(後日) 긔약(期約)을 단〃히 밋고 나오니 월식(月色)이 임의 읍고 일광(日光)의 동방(東方)의 발거오ᄂᆞᆫ지라.

급히 여관의 도⟨16b⟩라와 관령(官令)나기를 기다리던이 히빗치 노다오미 관령(官令)이 급ᄒᆞᆫ지라. 옥션이 지필묵(紙筆墨)을 갓쵸와 쟝즁(場中)의 들어가니 과연 글 졔(題) 걸년ᄂᆞᆫ지라. 즁 황모무심필(黃毛無心筆)25) 즁허리 넌짓 풀어 왕일쇼(王逸少)의 필법으로 이리져리 써셔 일쳔(一天)의 밧치니 졍 샹셰, 글쟝을 바다 보니 츙효겸젼(忠孝兼全)ᄒᆞᆫ 문쟝ᄌᆡᄉᆞ(文章才士)라.

곳 샹지샹(上之上)의 쟝원급졔(壯元及第)을 식이고 봉늬(封內)26)를 녈고 보니 젼 시랑 쟝노학의 아달 쟝옥

---

25) 황모무심필(黃毛無心筆) : 족제비의 꼬리털로 만든 심이 없는 붓. 앞의 '즁'은 잘못 들어간 글자로 보인다.

26) 봉늬(封內) : 과거를 볼 때에 답안지 오른편 끝에 응시자의 성명, 생

션이라. 그 연유(緣由)를 샹게 고흔〈17a〉듸 샹이 보시고 일희일비(一喜一悲)ᄒ여 왈,

"쟝노학을 방튝(放逐)ᄒ믐 닉의 심히 흔(恨)ᄒᄂᆞᆫ 비라. 이졔 그 아달이 ᄯ럿탓 영형(寧馨)27)ᄒ니 가히 이 교가(喬家) 아달이 잇다 일을지라. 닉 쟝노학의 아달 나으믈 들엇던이 그간 셰월 쳔이(遷移)ᄒ야 발셔 이럿탓 쟝셩(長成)ᄒ니 웃지 긔특지 안이리요."

ᄒ고 곳 할님학샤(翰林學士)를 하이시고 입시(入侍)를 하라 ᄒ니 옥션이 들어와 샹게 뵈인듸, 샹이 할님의 숀을 잡으시고 울며 왈,

"닉 너를 보믹 심히 참괴(慚愧)ᄒ도다. 닉 용녈(庸劣)ᄒ야 츙신(忠臣)〈17b〉을 방튝(放逐)ᄒ얏기로 죵샤(宗社)의 위틱홈이 ᄯ 지경의 이르러시니 웃지 붓그럽지 안이ᄒ리요."

할님이 고두샤왈(叩頭謝曰),

년월일, 주소, 사조(四祖) 따위를 쓰고 봉하던 일. 시험의 공정을 기하기 위해 고려 문종 11년(1062)에 처음으로 실시함.

27) 영형(寧馨) : 몹시 잘났음을 지칭하는 말. 진나라 때 왕연이라는 사람을 보고 산도가 감탄하여 '영형아(寧馨兒)'라고 지칭한 것에서 유래한 말이다. 원래 '영형아'는 '이와 같은 아이'라는 뜻이다.

"신(臣)이 미거(未擧)ᄒᆞ와 국가 날니의 죽기를 싱각지 못ᄒᆞ엿ᄉᆞ오니 죄송ᄒᆞ와이다."

ᄒᆞ더라. 졍 샹셰 샹게 쥬달(奏達)ᄒᆞ되

"신(臣)과 쟝노학이 도타온 졍의(情誼)가 잇ᄉᆞ와 사싱(死生)을 동밍(同盟)ᄒᆞ엿숩던이 ᄉᆞ제 노학의 아달을 보니 심히 긔특ᄒᆞ지라. 신이 일긔(一個) 여ᄌᆞ(女子) 잇사오니 옥션의 쳐를 삼고자 하ᄂᆞ이다."

샹이 즉시 흔연히 허락ᄒᆞ시니 졍 〈18a〉 샹셰 할님을 다리고 집으로 도라와 그간 졍회(情懷)를 낫ᄉᆞ치 셜화(說話)ᄒᆞ고 곳 인마(人馬)를 노와 할님을 모시고 빅낙촌(百樂村)의 나려가 부인을 모셔 올나올싀 할님의 도문(到門) 쟌치 인근(隣近) 읍(邑)이 울니ᄂᆞ지라. 샨동(山東)의 다ᄉᆞ르니 샨동현승(縣丞)이 지경(地境)의 나와 할님을 마져 고을의 들어가 슈일(數日) 두류(駐留)할싀, 현승이 할님을 위ᄒᆞ야 디연(大宴)을 빅셜(排設)ᄒᆞ고 일등 기녀(妓女)를 불너 질길싀, 샨동현의 ᄒᆞᆫ 기녜 잇씨니 셩은 최(崔)요 일홈은 〈18b〉 무연(舞鷰)이니 젼 학사(學士) 최평(崔平)의 여자라. 최 학세 득죄(得罪)ᄒᆞ야 죽으미 무연을 거두어 챵기(娼妓)를 삼어 샨동현의 두니 무연이 명가후예(名家後裔)로 용모(容貌) 졀등(絶等)하고 품행이 특이하야 샨동현의 일은는 슈령(守令)마다 그

쟈싴(姿色)을 샤모(思慕)ᄒ야 쳡(妾)을 샴고쟈 하나 일ᄊ히 물닛쳐 듯지 안이ᄒ고 경도(京都)와 각 읍(邑)의 할냥(閑良)28)과 협긱(俠客)이 쏘흔 만나기를 원코쟈 ᄒ나 무연이 듯지 안이ᄒ고 놉흔 절기(節槪)를 직히고 딕인군〈19a〉쟈 만나기를 원ᄒ던이 잇썩 현승(縣丞)이 쟌치를 빅설하미 본군(本郡)과 각읍(各邑)의 가무(歌舞)ᄒ는 기녀를 부르니 일등기녀 슈빅명이 명을 응ᄒ야 구름쳐럼 오는지라. 현승과 할님이 연셕(宴席)의 ᄂ 쥬효(酒肴)를 먹던이 ᄊ윽고 흔 기녜 들어오거늘 할님이 눈을 들어 보니 얼골이 츌즁(出衆)ᄒ여 ᄊ러 기싱 샤이에 혼합(混合)지 안이 ᄒ는지라. 할님이 마음으로 층찬불이(稱讚不已)ᄒ얏던이 슐이 임의 샤오빅(四五盃) 지ᄂ〈19b〉미 할님이 취흥(醉興)을 이기지 못ᄒ야 그 기녀를

---

28) 할냥(閑良) : 직첩(職牒)·직함(職銜)은 있으나 일이 없는 무직사관(無職事官)과 직(職)·역(役)이 없는 사족(士族)의 자제 등을 가리키는 말. 한량은 한량인(閑良人)·한량지도(閑良之徒)·한량 품관(品官)·한량 유사(儒士)·한량 유신(儒臣)·한량 기로(耆老)·한산자제(閑散子弟)·무역인(無役人)·전함(前銜) 등 여러 가지 이름이 있었다. 또한, 조선 후기에는 무과 및 잡과 응시자를 가리키거나, 무반(武班) 출신으로 아직 과거에 급제하지 못한 사람의 뜻으로 사용하게 되었고, 또한 궁술의 무예가 뛰어난 사람을 가리키는 말이 되기도 했다.

불너 압희 안치고 셤〃옥슈(纖纖玉手)를 잇그러 문(問)왈,

"네 일홈이 무엇신요?"

기네 딕(對)왈,

"쳔쳡(賤妾)의 일홈은 무연(舞鳶)이로쇼다."

할님이 숀을 들어 무연의 이마를 어로만져 왈,

"닉 왕고닉금(往古來今)의 미인이란 말만 듯고 보던 못ᄒ였던이 오날 너를 보니 황연(晃然)이 범녀(范蠡)29)가 셔시(西施)30)를 빅의 싣고 강호(江湖)로 두로 궁경 ᄒᄂ 질김이 〃에 지내지 못ᄒ리로다."

무연이 〈20a〉 슬푼 빗슬 머금고 딕왈(對曰),

"쳔쳡이 명되(命途) 긔구(崎嶇)ᄒ오나, 일쟉 빅옴이 잇ᄂᆫ고로 범연(泛然)ᄒᆫ 챵기(娼妓)의 오날은 쟝낭(張郎)

---

29) 범녀(范蠡) : 중국 춘추 시대 말기의 정치가. 월나라 왕 구천을 섬겼으며 오나라를 멸망시킨 공신이었다. 이후 서시와 함께 오나라를 떠났다고 하며, 제나라로 가 재상에 올랐다. 그 후에는 도 땅에서 장사를 해 거부가 되고 스스로 '도주공'이라 칭했다고 한다.

30) 셔시(西施) : 중국 월나라의 미녀. 중국의 4대 미녀로 알려져 있으며, 오나라 왕 부차에게 보내져서 오나라가 망하는데 결정적인 원인이 되었다고 한다. 오나라가 멸망하고 부차에 대한 죄책감으로 강에 빠져 자살했다고도 하며 범여와 함께 제나라로 가 그곳에서 장사를 통해 큰 재물을 모았다고도 전해진다.

의 쳐(妻) 도고 닉일은 니낭(李郞)의 며느리 되옴은 본 밧지 안이 ᄒᆞ옵ᄂᆞ이다."

할님이 긔특히 역여 디소(大笑)ᄒᆞ니, 현승이 ᄯᅩ 우어 왈,

"무연의 ᄌᆡ질(才質)이 비범(非凡)ᄒᆞ야 츔 곡죠 심히 놉허 예전 한(漢)나라 죠비연(趙飛燕)31)의 쟝샹무(掌上舞)에셔 지닉니 그 곡조(曲調)를 알 샤람이 읍ᄂᆞᆫ지라, 그런고로 평싱(平生) 딕인(大人)을 만나〈20b〉면 빅아(伯牙)와 종쟈긔(鍾子期)에 낙(樂)을 일우고져 ᄒᆞ고, ᄯᅩ 그

---

31) 죠비연(趙飛燕) : 한(漢)나라 성제(成帝)의 부인으로 뒤에 효성황후(孝成皇后). 본명은 조의주(趙宜主)였으나 '나는 제비'라는 뜻의 별명 조비연(趙飛燕)으로 불렸다. 가냘픈 몸매와 뛰어난 가무(歌舞)는 당대 최고의 찬사를 받았다고 전해진다. 일화에 의하면 황제가 호수에서 베푼 선상연(船上宴)에서 춤을 추던 도중 강풍이 불어 가냘픈 몸이 바람에 날리자, 황제가 그녀의 발목을 잡아 물에 빠지는 것을 막았다. 그러나 비연은 그 상황에서도 춤추기를 멈추지 않았고 임금의 손바닥 위에서 춤을 추었다고 해 '물 찬 제비' 또는 '나는 제비'라는 별명을 얻게 되었다. 이때 임금이 조비연이 물에 빠지는 것을 막기 위해 그녀의 발목을 급히 붙잡다가 치마폭의 한쪽이 길게 찢어지게 되었는데 이렇게 찢어진 치마는 오늘날 중국 여인들의 전통 의상인 유선군(留仙裙)의 유래가 되었다고도 전해진다. 이후 비연은 황제가 살아 있는 10년간 호화로운 생활을 영위하다가, 황제가 죽자 탄핵되어 평민으로 전락했고 걸식으로 연명하다가 자살했다.

품힝(品行)이 졀등(絶等)ᄒ야 범인(凡人)의 여읏볼 빈 안이로쇼이다."

할님이 그 말을 들으미 졍신이 황홀ᄒ야 쟌치를 파(罷)ᄒ더라.

셕반(夕飯)을 나슈미 할님이 셕반을 지닌 후 월싴(月色)을 구경코져 쳥산(靑山)의 비회(徘徊)터니 홀연 무연의 화용(花容)을 싱각하야 샤람을 보닉여 부르니, 무연이 명을 응ᄒ야 들어오거날 할님이 무연을 무릅 우의 안치고 옥슈(玉手)를 어로만지며 〈21a〉 나흘 무른딕 々 왈,

"십뉵셰(十六歲)옵고 싱일(生日)은 모월모일(某月某日)이로쇼이다."

할님이 경탄왈(驚歎曰),

"읏지 연셰(年歲)와 싱월싱일(生月生日)이 々럿탓 갓흐리요? 네 츔 곡죄 심히 놉허 능히 알 지 읍다 ᄒ니 네 능히 나의 옥져를 응하야 츔을 일우것ᄂ야?"

ᄒ며 할님이 옥져(玉笛)를 닉여 한(漢)ᄂ라 샤마샹여(司馬相如)[32]의 봉구황곡(鳳求凰曲)[33]으로 부니 무연

---

32) 사마상여(司馬相如) : 중국 전한(前漢)의 문인. 탁문군과의 로맨스로 잘 알려져 있다.

33) 봉구황곡(鳳求凰曲) : 중국의 사마상여가 지은 곡. 제목에서 보이

흔년(欣然)이 이러느 두 팔을 놉히 들어 츄니 곡죠과 츔법이 죠곰도 틀닐 게 읍는지라.

츔을 파(罷)혼 후 할님이 문왈,

"네 〈21b〉 옥져(玉笛) 곡죠를 아는다?"

무연이 우어 왈,

"쳡이 웃지 모를이요? 그 곡죠 일홈은 봉구황곡(鳳求凰曲)이라 예전 샤마샹여(司馬相如)가 탁문군(卓文君)34)을 보려고 그 곡죠로 요리ᄒ엿씨니 이졔 샹공(相公)의 마음을 가히 알지라. 그러느 쳡이 본딕 최 학샤의 여쟈로 명되(命途) 긔박(奇薄)ᄒ야 이곳의 이르러거니와 웃지 본뜻시야 일으리잇가? 다만 딕인군쟈(大人君子)의 권고(眷顧)ᄒ시믈 입으시면 빅년을 긔약고쟈 ᄒ미요, 어졔 만느고 오날 이별ᄒ는 챵기(娼妓)는 본밧지 안이홀 터이요, 또 이졔 샹〈22a〉공을 뵈오미 쳡의 마음이 만분(萬分) 희열(喜悅)ᄒ오나 다만 샹공 갓흐신 군쟈

는 것처럼 수컷인 봉새가 암컷인 황새를 구한다는 것으로 남녀의 애정을 노래한 것이다. 고전소설에서 남자주인공이 여자주인공에게 음악을 통해 자기의 마음을 전할 때 자주 사용되는 곡이다.

34) 탁문군(卓文君) : 부호 탁왕손의 딸로, 사마상여가 사랑한 여자. 어렸을 때 과부가 되었다가 사마상여를 만나 함께 도망가서 살았다.

는 ᄒᆞ번 각가히 ᄒᆞ시다가 다시 궐념(眷念)치 안이시면 쳡의 신셰(身世)는 읏지 가련치 안이할이잇가? 다만 원컨딘 샹공이 쳔쳡을 불샹히 역이시면 쳡의 일신(一身)이 빅년(百年)을 의탁(依託)ᄒᆞ야 목슘이 진(盡)토록 샹공을 밧들고 풀을 미져 은헤를 갑흘가 ᄒᆞᄂᆞ이다."

할님이 층챤(稱讚) 왈,

"네 비록 챵기에 일홈이 잇씨ᄂᆞ 명가후예(名家後裔)라 실〈22b〉노 품힝이 예젼 녈녀(烈女)도 밋지 못ᄒᆞ리로다. 네 일신(一身)을 닉게 의탁홀진딘 닉 읏지 벌이리요?"

ᄒᆞ고 그날 밤이 화쵹(華燭)을 발키고 무연으로 졍회(情懷)를 펴더라.

이러구로 슈일(數日)을 유(留)흔 후에 길을 써날싀 무연다려 일너 왈,

"닉 죠정의 일이 잇셔 슈년 격죠(隔阻)할 닐을 싱각하니 미리 근심이 되도다."

무연이 우어 왈,

"샹공 이번 길의 쳔지(天地)를 진동(振動)홀지라 잠간 죠격(阻隔)ᄒᆞ멀 읏지 한ᄒᆞ〈23a〉리잇고?"

인하야 글을 지여 할님게 들여 빅년(百年) 의탁(依托)ᄒᆞᄂᆞ 졍을 표ᄒᆞ니 그 글의 ᄒᆞ엿씨되,

"됴량(朝陽)의 봄이 느지미 날 그림지 더듸여씨니 비거비릭(飛去飛來)ᄒ야 가는 비를 믹기도다! 쥬함(朱頷)을 열고 현상(玄裳)을 쓸치고 남ᄉ히 멀니 날미 깃히 치지(馳之)ᄒ도다. 금슬(琴瑟)35)을 고르고 종고(鐘鼓)36)를 울니니 졍은 굴너 깁고 질기믐 지팅(支撑)치 못ᄒ리로다. 오쟉 원컨듸 군ᄌᄂ 일노븟터 억쳘년(億千年)이 지닉도록 졍〈23b〉을 잇지말ᄂ."

ᄒ얏더라. 할님이 글을 바다 무연을 이별할시 연ᄉ(戀戀)한 졍회 참아 셔로 놋치 못ᄒ고 다만 보즁(保重)ᄒ기를 츅슈(祝手)ᄒ더라.

할님이 빅낙촌의 이르러 부인을 보인듸, 부인이 일희일비(一喜一悲)ᄒ야 왈,

"네 몸히 귀히 되야 은총이 거룩ᄒ니 쳔은(天恩)이 감ᄉᄒ나 다만 너의 부친(父親)이 보시지 못ᄒ미 한이로다."

---

35) 금슬(琴瑟) : 거문고와 비파. 남녀 간의 정을 의미한다. 《시경》의 시 〈관저(關雎)〉에 나오는 구절, "요조숙녀와 금슬로 사귀네(窈窕淑女, 琴瑟友之)"에서 비롯된 표현이다.

36) 종고(鐘鼓) : 종과 북을 통틀어 이르는 말. 남녀 간의 정을 의미한다. 《시경》의 시 〈관저(關雎)〉에 나오는 구절, "요조숙녀와 종고로 즐기네(窈窕淑女, 鍾鼓樂之)"에서 비롯된 표현이다.

ㅎ더라.

할님이 쥬부다려 정 샹셔가 쳔게의 쥬달(奏達)ㅎ야 혼샤를 의논ㅎ던 말을 낫ㅅㅅ치 ㅎ듸 〈24a〉 쥬뷔 변싀(變色) 왈,

"엿말의 ㅎ엿시되 죠강지쳐(糟糠之妻)ᄂᆞᆫ 불하당(不下堂)37)이라 ㅎ엿시니 그듸ᄂᆞᆫ 싱각ㅎ라."

옥션이 고(告)왈,

"쇼직(小子) 웃지 싱각지 못ㅎ리요만은 다만 졍씨 샹게 쥬달ㅎ야 임의 결졍ㅎ엿샤오니 물니칠 길 읍ᄂᆞᆫ지라,

---

37) 죠강지쳐(糟糠之妻)ᄂᆞᆫ 불하당(不下堂) : 조강지처는 집 밖으로 내쫓지 아니한다는 말. 조(糟)는 지게미, 강(糠)은 쌀겨라는 뜻으로 지게미와 쌀겨로 끼니를 이어 가며 고생한 본처(本妻)를 이르는 말이다. 처녀로 시집와서 여러 해를 같이 살아온 아내라면 모두 조강지처라 할 수 있다. '조강지처불하당'은 《후한서(後漢書)》〈송홍전(宋弘傳)〉에 보인다. 후한 광무제(光武帝)의 누님이 일찍이 과부가 되어 쓸쓸히 지내는 것을 보고 광무제는 마땅한 사람이 있으면 다시 시집을 보낼 생각으로 그녀의 의향을 떠보았다. 그러자 그녀는 송홍 같은 사람이라면 시집을 가겠다고 했다. 마침 송홍이 공무로 편전에 들어오자 광무제는 누님을 병풍 뒤에 숨기고 그에게 넌지시 물었다. "속담에 말하기를 지위가 높아지면 친구를 바꾸고 집이 부유해지면 아내를 바꾼다 했는데 그럴 수 있을까?" 이에 송홍은 서슴지 않고 대답했다. "신은 가난할 때 친했던 친구는 잊어서는 안 되고, 지게미와 쌀겨를 먹으며 고생한 아내는 집에서 내보내지 않는다고 들었습니다(臣聞 貧賤之交不可忘 糟糠之妻不下堂)."

예젼 샤람도 숨부인(三夫人)이 잇샤오니 옥션의 졔가지도(齊家之道)의 잇눈지라, 죠금도 근심치 마르쇼셔."

쥬뷔 우어 왈,

"셔랑(壻郞)의 말이 올토다."

하고 슈일 뉴(留)흔 후의 할님(翰林)은 분인(夫人)을 모시고 쥬부는 취란(翠鸞)을 다리고 경성으로 향ᄒ야 갈시 옥션의 일힝〈24b〉이 거긔치즁(車騎輜重) 길을 연(連)ᄒ야 왕쟈(王者)의 빅이더라. 슈일(數日)만의 게룡부(鷄龍府)의 다ᄶ르니 게룡부빅(鷄龍府伯)이 관속(官屬)을 거늘이고 지경(地境)의 ᄂ와 할님을 마쟈 부닉(府內)로 도라가니 부빅(府伯)이 딕연(大宴)을 빅셜(排設)하고 할님으로 더부러 질기더니 부빅이 할님게 엿쟈오되,

"할님의 놉흐신 직죠(才操)는 천히(天下) 흠모ᄒ는 빈라. 이졔 다힝이 어더 뵈오니 웃지 깃부지 안이ᄒ리요?"

할님이 층샤(稱謝)ᄒ고 쟌치를 파ᄒ고 명일(明日)의 부인을 모시고 길을 〈25a〉 쪄나 샴십니 박의 나와 즁화(中火)ᄒ고 졍현녁의 다ᄶ르니 일위(一位) 쇼년 션비 용뫼 수려ᄒ고 얼골이 관옥(冠玉) 갓흔지라. 쥬졈(酒店)의 안져 노릭를 부르거늘 할님이 그 힝식(行色)을 살펴보

니 풍치(風采) 쒸여느 진간(塵間) 샤람이 안인지라.

할님이 샤랑ᄒ야 쥬졈의 들어가 좌졍(坐定) 후 쇼년을 쳥ᄒ야 셜화ᄒᆯ시 쇼년이 일어 졀ᄒ고 ᄉ왈,

"싱의 셩은 심(沈)이요 일홈은 녕이라 젼 지쥬(知州) 심셩(沈成)의 아쟈(兒子)옵던이 일쟉 부모를 여희〈25b〉고 의지ᄒᆯ 곳슬 모로와 계용부즁(鷄龍府中)의 우거(寓居)ᄒ엿숩던이 무슴 일을 인ᄒ야 경셩의 가는 길이옵더니 쯧박긔 샹공을 이곳셰셔 보이니 평싱의 샤모ᄒ던 빅를 으든지라. 읏지 깃부지 안이ᄒ리잇고?"

할님 왈,

"형의 용모를 보니 지죄 ᄯ호 졀등(絶等)ᄒᆯ지라. 이졔 난셰(亂世)를 당ᄒ야 입신양명(立身揚名)키를 싱각지 안이ᄒ고 읏지 져딕지 국츅(跼縮)히 지닉는뇨?"

쇼년이 울며 딕왈,

"츄싱(醜生)이 무슴 지죄 잇샤오릿가만은 딩ᄉ이38)도 소낭〈26a〉글 만ᄂ야 공즁(空中)으로 올ᄂ가고, 오동(梧桐)ᄂ무도 죠흔 쥴을 만ᄂ야 쇼릭를 이루고, 쥰마(駿馬)가 잇슨들 빅낙(伯樂)39)이 안이면 뉘라셔 조흔 말인

---

38) 딩ᄉ이 : 댕댕이덩굴. 식물로서 넝쿨 식물이다.

쥴 알며, 양옥(良玉)이 잇슨들 변화(卞和)40)가 읍시면 뉘라셔 죠흔 옥인 쥴 알니잇고? 일쟉 샤람을 만느지 못ᄒ야 향샹 울ᄉ(鬱鬱)ᄒ여이다."

할님이 층찬불이(稱讚不已) 왈,

"형은 웃지 샤람 만느지 못ᄒ멀 흔하느뇨! 지죄(才操) 츌즁(出衆)ᄒ면 샤람이 졀노 아ᄂ지라, 무슴 흔할 비 잇

---

39) 빅낙(伯樂) : 중국 주나라 때의 사람. 말의 좋고 나쁨을 잘 가려냈으며, 말의 병도 잘 고쳤다고 한다.

40) 변화(卞和) : 중국 춘추 전국 시대 초나라 사람. 변 지방에 사는 화씨다. 《한비자(韓非子)》〈화씨편(和氏篇)〉에 이야기가 전한다. 화씨(和氏)라는 사람은 옥을 감정하는 사람이었다. 그는 초산(楚山)에서 옥돌을 발견해 여왕(厲王)에게 바쳤다. 여왕이 이를 옥을 다듬는 사람에게 감정하게 했더니, 보통 돌이라고 했다. 이에 여왕은 화씨의 발뒤꿈치를 자르는 월형에 처해 그의 왼쪽 발을 잘랐다. 여왕이 죽고 무왕(武王)이 즉위하자, 화씨는 또 그 옥돌을 무왕에게 바쳤다. 무왕이 감정시켜 보니 역시 보통 돌이라고 하는 것이었다. 그러자 무왕도 화가 나서 화씨의 오른쪽 발을 자르게 했다. 무왕이 죽고 문왕(文王)이 즉위하자, 화씨는 초산 아래에서 그 옥돌을 끌어안고 사흘 밤낮을 울었는데, 나중에는 눈물이 말라 피가 흘렀다. 문왕이 이 소식을 듣고 사람을 시켜 그를 불러 "천하에 발 잘리는 형벌을 받은 자가 많은데, 어찌 그리 슬피 우느냐?"며 그 까닭을 물었다. 화씨가 "나는 발을 잘려서 슬퍼하는 것이 아닙니다. 보옥을 돌이라 하고, 곧은 선비에게 거짓말을 했다고 하며 벌을 준 것이 슬픈 것입니다"라고 말했다. 이에 문왕이 그 옥돌을 다듬게 하니 천하에 둘도 없는 명옥이 모습을 드러냈다. 그리하여 이 명옥을 그의 이름을 따서 '화씨지벽(和氏之璧)'이라 부르게 되었다.

씨리요?"

쇼년이 디왈,

"상공 말슴이 극히 졍디(正大)ᄒ오〈26b〉이다. 싱이 죽기로 밍셰ᄒ야 샹공을 좃쳐 일신(一身)을 문하(門下)의 ᄉ탁ᄒ야 셔샤(書寫)ᄂ 밧들고져 ᄒᄂ이다."

ᄒ거늘 할님이 흔연이 허락ᄒ고 쇼년을 다리고 길을 써ᄂ가더니 슈십니(數十里)를 가다가 쇼년을 챠지니 인ᄒ여 간 곳슬 모로지라.

할님이 의아ᄒ여 왈,

"제 먼져 늬게 탁신(託身)ᄒ엿다가 이졔 홀연이 아모 말도 읍시 도망ᄒ니 허탄(虛誕)이 아희로다!"

ᄒ고 그 쇼년의게 속으멀 분히 역이더라.

챠셜(且說) 월늬 심셩이란 쟈는 벼살이 함〈27a〉셩(含城)지쥬(知州)의 일으고 퇴죠(退朝)ᄒ야 빅낙쵼의 우거(寓居)ᄒ미 빅 쥬부(白主簿)로 졍의(情誼) 톳타와 형제(兄弟)쳐럼 지늬던이 심셩(沈成)이 일기(一個) 남직(男子) 읍고 샤십지년(四十之年)의 다만 일기 녀쟈(女子)를 두엇시되 일홈은 잉ᄉ(鶯鶯)ᄒ라, 취란(翠鸞)으로 동갑(同甲)이요, 졍의 심히 죠와 형제쳐럼 지늬더니 심셩(沈成)이 불힝(不幸)하야 늬외구몰(內外俱沒)ᄒ미 잉ᄉ이 의지홀 곳시 읍셔, 그 이종(姨從) 조졍을 다라가미 취란으로 더부러 셔로 슬피 이별ㅎ야 후일의 다시 만느기를 긔약(期約)〈27b〉ㅎ고 갓더니 죠정은 볼니 허랑(虛浪)흔 샤람이라, 쳔금(千金) 지산(財産)을 탕픽(蕩敗)ㅎ고 도로의 기걸(丐乞) 하던이 잇쩌 게룡부빅(鷄龍府伯)이 잉ㅅ의 일홈을 듯고 쟈식(姿色)을 샤모(思慕)ㅎ야 구슬 흔 말노 죠졍의게 샤셔 부즁(府中)의 두고 쳡(妾)을 샴고져 ㅎ니 잉ㅅ이 신셰(身世)의 궁칙(矜惻)히 되멀 싱각ㅎ고 쥬야(晝夜) 눈물노 셰월을 보니던이 부빅(府伯)이 길일(吉日)을 갈이여 홀네(婚禮)를 일우려 홀시, 혼일(婚日)이 불원(不遠)흔지라. 잇쩌 잉ㅅ이 취란이 할〈28a〉님의 부인이 되여 경성으로 간단 말을 듯고 마음의 죳고져 ㅎ야 복식(服色)을 변ㅎ고 도망ㅎ야 쇼흥부의 이르러 도로 여복(女服)을 입고 쥬졈(酒店)의 들어가니 잇쩌 취란이 부인을 모시고 쥬졈의셔 쉬는지라. 잉ㅅ이 문을 녈고 들어가며 왈,

"빅 낭쟈는 쳡을 긔악ㅎ느잇가?"

취란이 눈을 들어 보니 젼일의 형졔쳐럼 지니던 심낭쟈라. 둘이 셔로 붓들고 일쟝통곡ㅎ고 그간 고락(苦樂)을 낫ㅅ치 셜화(說話)할시 〈28b〉 잉ㅅ이 울며 왈,

"쳡은 명되(命途) 긔구(崎嶇)ㅎ여 흔 말 구살의 팔여 게룡부(鷄龍府)의 이갓습던이 쥬야(晝夜) 싱각ㅎ민 신

셰 긍측(矜惻)히 되야 쥭기로 작정(作定)ᄒ엿던이 다힝
이 부인이 이곳셰 오신단 말을 듯고, 일신(一身)의 빅년
(百年)을 의탁코쟈 왓스오니 부인은 어엽비 역이시면
풀을 밋져 은혜를 갑고져41) ᄒᄂ이다."

취란이 흔연 왈,

"나와 낭자는 형제의 ᄭ라도 지나지 못ᄒᆯ지라. 쵸년
(初年)의 분슈(分袖)ᄒᆞ멀 챵결(悵觖)히 역여던이 ᄭ제
다〈29a〉시 만ᄂ 젼일 미흡ᄒᄋ던 졍의(情誼)를 이으니 이
ᄂ 하늘이 지시ᄒ시미라. 웃지 깃부지 안이리요?"

하고 인하야 좌와긔거(坐臥起居)를 ᄒᆞᆫ가지 ᄒᆞ고 길
을 쩌ᄂ가니라.

힝ᄒᆞᆫ 지 슈일 후의 할님이 취란 쳐쇼(處所)의 가 보니

---

41) 풀을 밋져 은혜를 갑고져 : 결초보은(結草報恩). 결초보은 이야기
는 《춘추좌씨전(春秋左氏傳)》에 전한다. 중국 춘추 시대 진(晋)나라의
위무자(魏武子)는 병이 들자, 아들 위과(魏顆)에게 자기가 죽으면 아름
다운 후처, 즉 위과의 서모를 개가시켜 순사(殉死)를 면하게 하라고 유
언했다. 그러나 병세가 악화되어 정신이 혼미해진 위무자는 후처를 자
살하도록 해 죽으면 같이 묻어 달라고 유언을 번복했다. 위무자가 죽은
뒤 위과는 정신이 혼미했을 때의 유언을 따르지 않고 서모를 개가시켜
순사를 면하게 했다. 후에 위과가 전쟁에 나가 진(秦)의 두회(杜回)와
싸워 위태로울 때 서모 아버지의 혼이 나와 적군의 앞길에 풀을 잡아매
어 두회가 탄 말이 걸려 넘어지게 해 두회를 사로잡게 했다.

어인 일등 미인이 잇는지라. 할님이 췌란다려 무른딕 ㅆ 왈,

"이 사람은 호남 졀녀(絶女) 심 낭직(沈娘子)라. 나와 십셰 젼붓텨 졍의 돗탑던이 ㅆ졔 닉 이곳의 일으멀 듯고 좃쳐 오거니와 그 화려흔 자싴(姿色)과 유흔(幽閑) ㅆ 부덕(婦德)은 〈29b〉 셰샹(世上)의 드믄 빅라. 샹공은 샤모 ㅎ고져 ㅎ는 마음이 읍ᄂ잇가?"

할님이 웃고 외당(外堂)으로 나가니라.

그날 밤의 쥬졈(酒店)의 쉬더니 할님이 췌란 쳐소의 들어가미 췌란은 읍고 잉ㅆ 홀노 안져 화쵹(華燭)을 발키고 노릭를 부르는지라. 할님이 고히 녁여 문 왈,

"어인 낭직 이곳의 홀노 잇는뇨?"

딕왈,

"쳡의 셩은 심(沈)이오 일홈은 잉ㅆ이옵고 계룡부(鷄龍府)의 샤옵던이 빅 낭쟈(白娘子)와 졍의 돗타와 좃쳐 왓습던이 오날 밤의 빅 낭직 〈30a〉 힝역(行役)의 노곤(勞困)ㅎ와 쳡다려 몸을 딕신ㅎ야 샹공을 모시라 ㅎ옵기로 이곳의 기다려 잇ᄂ이다."

할님이 그 용모와 쟈싴(姿色)을 살펴보고 흔연이 깃거ㅎ야 인하야 옥슈(玉手)를 잇글어 압희 안치고 쟈쵸지죵(自初至終)을 낫ㅆ치 셜화(說話)할식, 잉ㅆ이 글을

지여 정을 표ᄒᆞ니 그 글의 ᄒᆞ엿시되,

"버들 시이에 일편(一翩) 황금(黃禽)이 ᄂᆡ왕(來往)ᄒᆞ니 그 쇼ᄅᆡ 노릭 갓고 쏘 을품 갓도다. 유막(柳幕)의 〈30b〉 츈풍(春風)이 더우미 면만(綿蠻)42)ᄒᆞᆫ 죠흔 쇼ᄅᆡ를 젼ᄒᆞ도다. 동챵(東窓)의 월ᄉᆡᆨ(月色)이 언약이 잇셔 빅년 샤모ᄒᆞ던 군쟈를 마졋도다."

ᄒᆞ엿더라.

할님이 글을 화답ᄒᆞ고 두 샤람이 빅년정연(百年情緣)을 깁피 밋고 밤을 지닌 후 츄란이 ᄭᆞ러 할님게 뵈옵고 일너 왈,

"샹공이 쏘 미인을 으듯ᄉᆞᆸ기로 하례(賀禮)ᄒᆞᄂᆞ이다."

ᄒᆞ고 할님과 잉ᄉᆞ으로 더부러 못ᄂᆡ 길겨 ᄒᆞ더라. 날이 임의 발그미 할님이 잉ᄉᆞ을 그윽히 〈31a〉 보다가 우어 왈,

"심 낭ᄌᆡ(沈娘子) 향졔(兄弟) 잇도다. 향일(向日) 졍현녈의셔 만ᄂᆞ던 심ᄉᆡᆼ(沈生)이 낭쟈의 아외 안인가?"

잉ᄉᆞ이 ᄃᆡ왈,

---

42) 면만(綿蠻): 새가 지저귀는 소리. 《시경(詩經)》 〈소아(小雅)〉 〈면만(綿蠻)〉에 "꾀꼴 꾀꼴 꾀꼬리, 움푹한 언덕에 앉아 있도다(綿蠻黃鳥 止于丘隅)"라는 구절이 있다.

"쳡이 본딕 남의 무남독녀(無男獨女)오니 읏지 아외 잇ᄉ오릿가?"

할님이 괴탄(愧歎) 왈,

"셰상의 갓탄 스람도 잇도다. 셩도 갓고 얼골도 갓트니 읏지 이상치 안이리요?"

ᄒ고 다시 쟈셔히 보던이 다시 우어 왈,

"그딕 심셩(沈成)의 녀지 안니냐?"

심 낭지 딕왈,

"글엇ᄉ오이다."

할님 왈,

"낭지 읏지 그딕지 날을 속인다?"

잉ᄼ이 다시 이러 졀ᄒ고 샤외 왈,

"쳡이 상공을 〈31b〉 긔망(欺罔)ᄒ얏ᄉ오니 쥐샹(罪狀)이 만샤무셕(萬死無惜)이오나 본딕 속이랴는 거시 안이라, 쳡의 쟈쵀지즁(自初至終)을 자셔히 고(告)ᄒ오리이다. 쳡이 본닉 명가후예(名家後裔)로 일쟉 부모를 여희고 이죵(姨從) 죠졍의게 의지ᄒᄋᆸ던이 신셰(身世) 긔박(奇薄)ᄒ야 구슬 한말의 계룡부빅(鷄龍府伯)의게 팔녀 갓ᄉ와 혼일(婚日)이 멀지 안ᄉ와든이 아모리 싱각ᄒ야도 계룡부의 가오믄 쳡이 박부특이(迫不得已)ᄒ옴이요, 쏘흔 부빅(府伯)의 범졀을 보온 즉 실노 쳡의 원

ㅎ는 비 안이라. 그러느 농즁(籠中)의 갓 〈32a〉 친 시 못 갓스와 일월(日月) 볼 길이 읍습든이 향일(向日) 부빅(府伯)이 쟌치를 비셜(排設)ㅎ믹 쳡이 쥬럼(珠簾) 시이로 샹공의 위의(威儀)를 엿보니 실노 쳡의 흠모ㅎ던 비라. 마음의 흡죡ㅎ와 곳 좃고져 ㅎ온들 궁문(宮門)이 심슈(深邃)ㅎ와 나올 길이 읍습기로 남복(男服)을 잇습고 부빅의 쳘니마(千里馬)를 도젹ㅎ야 타고 졍현녁 와 샹공을 뵈옴은 샹공의 의향(意向)을 모르와 뜻슬 보랴고 흠이요, 쳡이 볼니 빅낭(白娘)과 흔집의셔 자라느셔 〈32b〉 형졔의 졍의(情誼) 잇습기로 샹공을 으더 모시오니 복망(伏望) 샹공은 쳡의 죄를 사(赦)ㅎ시고 특이(特異) 블샹이 역이시면 은혜 빅골난망(白骨難忘)이로쇼이다."

할님(翰林)이 딕소(大笑) 왈,

"낭즈 무숨 죄라 일으리요?"

ㅎ고 두 낭즈를 다리고 길을 쩌느니라. 슈숨일 후의 경셩의 다ᄯ르니 잇쩍 졍 샹셰 가샤(家舍)를 크게 이룩ㅎ고 할님 오기를 기다리더니 할님 일힝이 들어가믹 가샨(家産)이 풍죡ㅎ지라. 샹셰 길일(吉日)을 갈희여 셩녜(成禮)를 〈33a〉 갓쵸랴 홀시 할님이 고(告) 왈,

"쇼직(小子) 부친이 게실 쩍의 이 샹셔(李尙書)의 낭

쟈(娘子)와 혼샤(婚事)를 말슴ᄒ엿던 이 소저(李小姐) 날니(亂離)의 표박(漂迫)할 졔 빅 쥬부(白主簿)의 은덕을 만히 입스와 임의 그 셔랑(壻郞)이 되얏스오니 이샹셔의게 큰 죄인이라, 읏지ᄒ면 좃스올잇가?"

샹셰 우어 왈,

"그딕의 말이 실노 올토다. 이 샹셔의 녀쟈는 닉 ᄉ종믹(內從妹)의 ᄯᆞᆯ이라, 졔 평싱 말ᄒ되 부뫼 임의 쟝문(張門)의 허락ᄒ엿씨니 죽어도 다른 샤람은 좃지 안이ᄒ다 ᄒ〈33b〉기로 닉 녀식(女息)과 ᄒᆞᆫ가지 그딕의 건즐(巾櫛)43)을 밧들게 ᄒᆞ랴 ᄒ얏던이 이졔 빅낭쟈를 임의 취ᄒ엿다 ᄒ니 옛스람도 숨(三)부인을 두엇씨니 죠곰도 고히 역이지 말고 혼사를 의논ᄒ라."

할님이 글말을 부인게 고ᄒᆞᆫ딕 부인 왈,

"졍 샹셰 그딕지 구쳥(求請)ᄒ니 읏지 빅약(背約)ᄒ리요? 다만 이 샹셔의 녀쟈를 취ᄒ면 너의 부친의 말슴을 어긔미 안이 되니 그 일이 다힝ᄒ도다."

ᄒ고 인ᄒ야 허락ᄒ거눌 할님이 부인 말슴〈34a〉으로

---

43) 건즐(巾櫛) : 수건과 빗을 아울러 이르는 말. 낯을 씻고 머리를 빗는 일을 지칭하기도 한다. '건즐을 받든다'고 함은 여자가 아내나 첩이 되는 것을 겸손하게 이르는 말이다.

샹셔게 고흔딕 샹셰 딕희(大喜)ㅎ야 곳 길일(吉日)을 갈
희여 젼안쵸례(奠雁醮禮)44)홀시 졍 낭쟈 치봉(彩鳳)과
이 낭쟈 홍능(紅綾)은 흔 쥴노 셰우고 할님이 마죠 셔ㅅ
젼안(奠雁)ㅎ는 모양 견우직녜(牽牛織女) 셔로 만나 월
궁(月宮)의셔 노니는 듯ㅎ더라. 쵸례를 파(罷)ㅎ고 신방
(新房)을 차려 숨인(三人)이 딕좌(對坐)ㅎ니 그 용모의
화려홈과 쟈식(姿色)의 아람다옴은 불가승긔(不可勝
記)요, 세 샤람이 셔로 젼일(前日) 미흡ㅎ던 졍연(情緣)
과 후약(後約)을 두든 말을 낫ㅅ치 셜〈34b〉화ㅎ고 할님
과 홍능은 부친이 보시지 못ㅎ는 한(恨)을 한탄ㅎ더라.
치봉이 글을 지여 할님게 쥬니 그 글의 ㅎ엿씨되,

"단산(丹山)의 봉황(鳳凰)이 모와 노니ㅅ 옹ㅅ기ㅅ
(雝雝喈喈)ㅎ는 소릭 셔로 화답(和答)ㅎ도다. 복샤는
진ㅅ(津津)ㅎ고 입시는 요ㅅ(妖妖)ㅎ니 달은 셔(西)의
안이(安易)ㅎ고 밤은 즁앙(中央)이 못 되얏도다."

ㅎ엿더라. 글을 ㅅ푸기를 맛쵸미 홍능이 쏘 이여 글

---

44) 전안초례(奠雁醮禮) : 전안은 혼례 때, 신랑이 기러기를 가지고 신
부 집에 가서 상 위에 놓고 절하거나 또는 그러한 예식을 말한다. 산 기
러기를 쓰기도 하나 대개 나무로 만든 것을 쓴다. 초례는 혼례와 같은
말이다.

흔 편〈35a〉을 지으니 그 글의 ᄒᆞ엿씨되,

"쟝부(丈夫)의 흔 번 허락이 쳔금(千金)이 즁(重)ᄒᆞ지라. 가긔(佳期)을 밋쳐 낭군을 마져 일으러쏘다. 먼져ᄂᆞᆫ 허락을 즁히 역이고 후에ᄂᆞᆫ 밍셰를 즁이 역여쏘다. 쳘니 관샨(千里關山)의 어버이를 싱각ᄒᆞ미 죠흔 긔약이 져혀 아람답지 못ᄒᆞ도다."

ᄒᆞ엿더라. 할님이 두 낭쟈의 글을 ᄉᆞ푸고 그날 밤을 지닌 후의 슈일을 지난 후에 궐니(闕內)〈35b〉의 들어가 샹게 뵈온디 샹이 사랑ᄒᆞ샤 할님의 손을 잡고 일너 왈,

"샤방의 도젹이 디치(大熾)ᄒᆞ고 츙신은 멀니 잇씨니, 읏지ᄒᆞ면 쥬육(朱六)을 베혀 도젹을 멸ᄒᆞ고, 츙신을 쇼환(召還)ᄒᆞ야 졍샤(政事)를 도와 종샤(宗社)를 알녕(安寧)케 ᄒᆞ고, 싱녕(生靈)의 업을 편케 할고?"

할님이 울며 쥬달(奏達) 왈,

"신의 부지(父子) 샹의 망극(罔極)흔 은혜를 입습고 호말(毫末)도 갑습지 못ᄒᆞ오니 죄샤무셕(罪死無惜)이라. 복원(伏願) 승샹(聖上)은 신을 군샤 이만인(二萬人)〈36a〉과 샹방금(尙房劍)45)을 빌니시면 신이 쥬기로 밍

---

45) 샹방금(尙房劍) : 대장군 혹은 대원수가 되어 출전할 때 임금이 하사했던 칼. '상방보검'으로도 지칭하며 임금의 권위를 상징한다. 부하

168

셰코 도격의 머리를 베혀 디궐 압헤 밧치고 빅셩을 편케 ᄒ고 부친 다려와 죠졍(朝廷)을 돕게 ᄒ것ᄉᆞ느이다."

샹이 그 말을 들으시고 챠탄(嗟歎) 왈,

"네 말을 들으니 츙졀이 쟝ᄒᆞ지라. 그러ᄂᆞ 십뉵셰(十六歲) 된 아히(兒孩) 읏지 츌젼(出戰)을 ᄒᆞ리요. 너도 남의 집 귀한 쟈식(子息)이라. 읏지 몸을 싱각지 안이 ᄒᆞᄂᆞ뇨?"

할님이 다시 쥬(奏) 왈,

"신이 비록 연쳔(年淺)ᄒᆞ오ᄂᆞ 몸을 〈36b〉 임의 국가의 버린지라, 읏지 샤졍(私情)을 도라보오리잇가? 승샹(聖上)의 덕을 입샤와 ᄒᆞᆫ길을 빌니시면 신이 국가의 승덕(聖德)을 갑푸리이다."

ᄒ고 구지 간쳥ᄒᆞᄃᆡ 상이 그 ᄯᅳᆺ을 쟝히 역이샤 허락ᄒᆞ시고 졍병(精兵) 이만인(二萬人)을 쎡여 군량마쵸(軍糧馬草)를 만히 쥰비ᄒᆞ고 할님으로 육도듸도독(六道大都督)샴구도슈(三軍都元帥)를 ᄒᆞ이시고 도위듸쟝(都尉大將) 최영과 유군쟝군(遊軍將軍) 이홍으로 아쟝(亞將)을 삼으샤 군샤를 총독(總督)〈37a〉ᄒᆞ야 쥬육(朱六) 쳘강

나 군졸 등이 명을 거역할 때 굳이 임금에게 보고하지 않고 대장군 마음대로 그들의 생사를 마음대로 할 수 있는 권위를 지녔다.

(鐵强)을 치라 ᄒ시니 원쉬 명을 밧고 황은(皇恩)을 고두샤례(叩頭謝禮)ᄒ고 도라와 부인게 뵈온디 부인이 디경(大驚) 왈,

"네 아직 미면강보(未免襁褓)의 잇는 아희라. 말니(萬里) 츌젼(出戰)이 어인 일이뇨? 너의 부친 샤싱존몰(死生存沒)을 몰ᄂ 쥬야(晝夜) 근심일너니 네 이졔 ᄯ 츌젼이란 말이 어인 말고?"

이러타시 슬허ᄒ니 원쉬 위로 왈,

"디쟝뷔(大丈夫) 나라를 위ᄒ야 날니(亂離)를 평졍치 못ᄒ오면 읏지 인싱(人生)이라 ᄒ〈38b〉올잇가? 죠금도 근심치 마르쇼셔."

ᄒ고 츄란 치봉 홍능 잉ᄼ을 쳥ᄒ여 이별ᄒᆯ시, 잇ᄯᅥ 졍 샹셔 빅 쥬뷔 이 긔별을 듯고 일희일경(一喜一驚)ᄒᆫ들 읏지 ᄒᆯ길 잇씨리요? 원쉬 군사를 거ᄂ리고 부인게 하직ᄒ고 길을 ᄯᅥᄂ니라. 쟝옥션의 츌젼(出戰) 니히(利害)가 읏지 되엿시며 옥션의 승명(生命)이 읏지 된지 쟈셔히 ᄒ권(下卷)을 보라.

칠미인연유기 권지삼

샴젼파젹진(三戰破賊陣) 오야영미인(五夜迎美人)
셰 번 싸와 도젹의 진을 파(破)ᄒ고, 오야(五夜)의 쏘 미인을 어든쏘다

⟨1a⟩챠셜(且說) 원슈 부인과 샹셔(尙書) 젼(前)의 ᄒ직(下直)ᄒ니 부인이 원슈의 숀을 잡고 울며 왈,

"우리 ᄂᆡ외(內外) 늣게야 너를 ᄂᆞ허 금지옥엽(金枝玉葉)처럼 샤랑ᄒ더니 불힝이 너의 부친이 멀니 잇셔 셩취(成娶)ᄒᄂᆞᆫ 것도 보지 못ᄒ⟨1b⟩고 입신양명(立身揚名)ᄒ야 벼살 지위 놉흔 것도 못 보고셔 말니(萬里) 관산(關山)의 셔로 조격(阻隔)ᄒᆞᆯ 닐을 싱각ᄒᄆᆡ 목이 막키여 쥬야(晝夜) 눈물노 셰월을 보ᄂᆡ든이 그릭도 노신(老身)이 죽지 안코 지금ᄭᆞᆺ 샤라 잇슴은 일기(一個) 쟈식을 쟝셩(長成)식여 입신양명ᄒ기를 기다럿던이 네 임의 입쟝(入將)ᄒᄆᆡ 부모게 영화(榮華)보이기ᄂᆞᆫ 고샤ᄒ고 노모를 멀니 쎄치고 써나니 너의 이번 길의 다시 보기를 긔약(期約)지 못ᄒᆞᆯ지라. 웃지 슬지 안이리요?"

원쉬 부인을 위로 왈,

〈2a〉"쇼쟈의 이번 길의 도젹을 쳐 멸ᄒ여 큰 공을 셰우고 부친을 모셔 도라오면 웃지 좃치 안이리잇고?"

인ᄒ야 ᄒ직(下直)홀시 부인과 샹셰(尙書) 셔로 보즁(保重)키를 츅슈(祝手)ᄒ니라.

잇써 원쉬 궐닉(闕內)의 들어가 샹게 ᄒ직ᄒᄃᆡ 샹이 친이 곱비를 잇그러 궐문(闕門) 밧긔까지 인도ᄒ시고 인ᄒ야 일너 왈,

"샤직(社稷)의 안위(安危)와 싱녕(生靈)의 존망(存亡)이 경(卿)의 흐거름의 달녓시니 부ᄃᆡ 죠심ᄒ야 ᄃᆡ공(大功)을 일우어 쳔츄만셰(千秋萬歲)의 일홈을 드리〈2b〉우게 ᄒ라."

원쉬 이러 두 번 졀ᄒ고 황은(皇恩)을 츅슈(祝手)ᄒ고 나어가니라.

원쉬 이만 ᄃᆡ병(大兵)과 이십샤쟝(二十四將)을 거ᄂ리고 호샨과 영쥬 등지(等地)의 다ᄉᆞ르니 잇쩌 쥬육(朱六)이 쳘강(鐵强)으로 션봉ᄃᆡ쟝(先鋒大將)을 샴고 완샨(完山)을 웅거(雄據)ᄒ야 도읍(都邑)을 졍ᄒ고 잇던이 원쉬 ᄃᆡ병을 거ᄂ리고 완샨부(完山府)로 나려온단 말을 듯고 쳘강다려 일너 왈,

"닉 들으니 샴군ᄃᆡ원슈(三軍大元帥)는 쟝노학의 아

쟈(兒子) 쟝옥션이라 ᄒᆞ니 옥션의 지죠(才操)ᄂᆞᆫ 어릴 쩍 로붓터 일홈〈3a〉이 쟝흔지라, 니 쟝군다려 일쟉 죽여 후환(後患)을 졔어ᄒᆞ라 ᄒᆞ엿던이 웃지ᄒᆞ야 졔어(制御)치 못ᄒᆞ고 지금것 살녀 두엇다가 이럿탓 후환을 당케 ᄒᆞᄂᆞ뇨?"

쳘강이 고 왈,

"쟝군은 쳔긔(天機)를 모로ᄂᆞᆫ도다. 이졔 쳔긔를 살펴보니 복덕셩(福德星)이 숑악산(松岳山)의 빗친지라. 필경 즁흥(中興)할 시되가 된 듯ᄒᆞ고 쟝옥션은 하날이 닌 샤람이라. 만일 하날이 닌지 안이 ᄒᆞ얏시면 웃지 미리 알고 피할이오? 아마도 우리 승〈3b〉명(生命)이 위틱흔지라. 그러ᄂᆞ 죽기를 힘쎠 흔 샤홈을 결단ᄒᆞ여 보샤이다."

쥬육이 ᄯ 말 듯고 우어 왈,

"쟝군은 묘망(妖妄)흔 말을 웃지 ᄒᆞᄂᆞ요? 이졔 나도 쳔명(天命)을 응ᄒᆞ야 졔왕(帝王)의 지위에 올은지라, 호람샴부(湖南三府)의 ᄯᅡ히 임의 니의 둔 빈 되얏고 인심이 다 나의 통일챤하(統一天下)ᄒᆞ멀 기다리니 웃지 죠곰인들 위틱할 빈 잇시리요? 쳔명은 항상 흔 스람만 돕ᄂᆞ 빈 안이라. 웃지 녀왕(麗王)만 도을 니치(理致) 잇시리요? 졔쟝(諸將)은 죠〈4a〉금도 근심걱졍치 말고 쟝옥션 잡을 게칙(計策)일을 심씨라."

군즁(軍衆)으로 ᄒᆞ 쟝쉬 신쟝(身長)은 구쳑(九尺)이요, 슈염은 우무가시 갓고 홍안녹발(紅顔綠髮)의 눈갓시 찌여지고 위의(威儀) 잇ᄂᆞ 쟝쉬 츌반쥬왈(出班奏曰),

"쇼쟝(小將)을 군사 오만인(五萬人)을 빌니시면 쟝옥션을 곳 샤로잡어 쟝군의 근심을 덜니이다."

군즁이 다 쟝히 역여 쟈셔이 보니 영쥬 명쟝 황녑(黃獵)이라. 쥬육이 반겨 손을 잡고 층찬(稱讚) 왈,

"쟝군의 말이 실노 염파(廉頗)46) 이목(李牧)47)〈4b〉의 지날지라."

ᄒᆞ고 도라보와 쳘강다려 일너 왈,

"늬 실ᄒᆞ(膝下)의 쳣써ᄂᆞ 쟝군 갓탄 위염(威嚴)이 잇고 둘써ᄂᆞ 황녑 갓탄 용밍이 잇씨니 늬 무슴 걱정 잇씨며 옥션 갓탄 죠고마흔 아히 제 아모리 지략(智略)이 잇슨들 웃지 황녑의 손의 버셔날이요. 불샹ᄒᆞ다! 쟝노학이

---

46) 염파(廉頗) : 춘추 전국 시대 조나라의 명장. 노년의 나이에도 불구하고 젊은 장군에 못지않은 완력을 보여《삼국지》의 황충과 함께 중국의 대표적인 노익장의 상징으로 여겨진다.

47) 이목(李牧) : 춘추 전국 시대 조나라의 명장. 연나라, 진나라와의 전투에서 큰 공을 세웠으나 진나라의 이간책으로 위나라에서 일생을 마쳤다.

져는 말니(萬里) 타국(他國)의 신셰 다 쥬게 되고 졔 쟈식은 이십도 못 된 아히(兒孩) 우리 진즁(陣中) 들어와셔 이슬 갓튼 져 못심을 풀닙 치듯 베힐 테〈5a〉니 그 읏지 불샹치 안이리요?"

ᄒ고 한참 이리 노닐 젹의 모샤(謀士) 격진이 엿쟈오되,

"쟝군은 너머 질기지 마시읍고 군샤ᄂ 살펴보오. 질기는 슷 위틱ᄒ오."

쥬육이 ᄊ 말 듯고 되로(大怒) 왈,

"죠고마흔 아히(兒孩)놈이 감히 되쟝(大將)의 쯧슬 거샤리니 쌀니 죽이라."

흔되, 쳘강이 엿쟈오되,

"격진의 말이 올흔지라. 읏지 모샤를 죽일이요? 쏘 쟝찻(將次) 힝군(行軍)할 터인되 샤람 죽이는 게 과히 불샹지죠(不祥之兆)오니 쟝군은 용셔ᄒ소셔."

쥬육〈5b〉이 할일읍셔 격진을 옥에 가두니라. 잇썩 원슈의 샴군(三軍)이 완부(完府)의 다ᄉ르니 군령(君令)이 엄숙ᄒ고 항외(行伍) 졍졔(整齊)ᄒ지라. 격셔(檄書) 지여 쥬육(朱六)게 보뉘니, 그 글의 ᄒ엿시되,

"대려죠(大麗朝) 샴군되원슈(三軍大元帥) 쟝옥션은 만고역젹(萬古逆賊) 쥬육 쳘강의게 글을 지여 보뉘노

라. 난신젹지(亂臣賊子) 으느 쩌의 읍시리요마는 지여
(至於) 너의 놈ᄒᆞ야는 쳔은(天恩)을 망극히 입어 직위
(職位) 놉흔 놈들이라. 쥬야(晝夜) ⟨6a⟩ 싱각ᄒᆞ야 쳔은
(天恩) 갑기를 결얼치 못ᄒᆞ겟거든 무도(無道)ᄒᆞᆫ 너의 놈
이 감히 불측지심(不測之心)을 먹어 쳔위(天位)를 도모
(圖謀)코져 ᄒᆞ니 이졔 너의 죄샹(罪狀)을 셰히건디 다셧
가지 잇ᄂᆞᆫ지라. 네 쳔은을 즁히 입어 갑기는 고샤(姑捨)
ᄒᆞ고 도로혀 역심(逆心)을 먹으니 그 죄 ᄒᆞᆫ 가지요, 쳔하
의 군샤를 모와 임군을 겁박(劫迫)ᄒᆞ야 도젹(盜賊)의게
항복ᄒᆞ라 ᄒᆞ야 종샤(宗社)가 위틱ᄒᆞ고 싱녕(生靈)이 도
탄(塗炭)ᄒᆞ니 그 죄 두 가지⟨6b⟩요, 네 쯧슬 방쟈(放恣)
히 ᄒᆞ야 무죄(無罪)ᄒᆞᆫ 츙신(忠臣)들을 원방(遠方)으로
쫏치니 그 죄 셰 가지요, 네 쳘강(鐵强)으로 합모(合謀)
ᄒᆞ야 군샤를 보닉여 우리 모쟈(母子)를 ᄒᆡ(害)코쟈 ᄒᆞ니
그 죄 네 가지요, 이졔 닉 황명(皇命)을 바다 군샤를 거
ᄂᆞ리고 이 ᄯᅡ희 임(臨)ᄒᆞ얏거날 네 쌜니 ᄂᆞ와 항복지 안
이ᄒᆞ니 그 죄 다셧 가지라. 네 ᄒᆞᆫ 몸의 쳔지간(天地間)
다셧 가지 큰 죄를 입고 웃지 살기를 바라리요? 네 쌜니
ᄂᆞ와 목슘을 밧치라. 닉 임의 ⟨7a⟩ 샹방참마금(尙房斬魔
劍)을 가지고 기다려 잇노라."

ᄒᆞ얏더라. 쥬육(朱六)이 글을 보고 노긔팅쳔(怒氣撑

天)ᄒ야 왈,

"요마(妖妄)ᄒᆞᆫ 아희 놈이 감히 어룬을 욕ᄒ니 요놈의 죄샹(罪狀)은 만샤무셕(萬死無惜)이라."

ᄒ고 곳 황녑(黃獵)을 불너 왈,

"늬 이졔 견돈(犬豚) 갓탄 아쟈(兒子)놈의게 무쌍(無雙)ᄒᆞᆫ 뇩(辱)을 당하얏시니 쟝군은 급히 ᄂᆞ가 옥션의 머리를 챵끗희 ᄭᅬ여 나의 셜치(雪恥)를 ᄒ게 ᄒ라."

황녑이 명을 밧고 좌슈(左手)에ᄂᆞᆫ 슴쳑쟝금(三尺長劍)을 들고 우슈(右手)에ᄂᆞᆫ 슴빅근(三百斤) 쳘퇴(鐵槌)를 〈7b〉 들고 쟈운마(紫雲馬)를 츅켜 타고 나온ᄂᆞ지라. 원슈 황녑의 ᄂᆞ오멀 보고 우어 왈,

"너의 신셰 부샹(無常)토다! 이 늬 칼의 쥭단 말가!"

그 말이 지듯마듯 황녑이 함셩(喊聲) 왈,

"너 이놈 죠고만 아희놈이 감히 어룬을 결우니 진쇼위(眞所謂) 하로가야지 밍호(猛虎)를 두려ᄒ지 안ᄂᆞᆫ 격이로다."

원슈 이 말 듯고 분긔등〻(憤氣騰騰)ᄒ야 벽녁(霹靂) 갓탓 소릭를 우레갓치 질너 왈,

"네 만고역젹(萬古逆賊) 쥬육을 셤겨 감히 츙신을 히코져 ᄒ니 〈8a〉 웃지 하날이 무심ᄒ시리요? 이놈 쌀니 ᄂᆞ와 목ᄂᆞ려 칼 바더라."

황녑이 분을 이기지 못ᄒ여 좌츙우돌(左衝右突)ᄒ여 나오거늘 원쉬 마져 싸홀시 슴합(三合)이 못 되야 원쉬 쳘궁(鐵弓)의 왜견(外箭)을 먹여들고 황녑을 향ᄒ야 흔 듸를 날니시 활살이 ᄂᆞᆫ 다시 들어가 황녑의 왼팔을 맛쵸와 황녑이 경동(驚動)ᄒ야 슴쳑장금(三尺長劍)이 ᄯᅡ의 ᄯᅥ러지며 번신낙마(翻身落馬)ᄒ야 ᄯᅡ의 구르으ᄂᆞᆫ지라. 황녑의 〈8b〉 군ᄉᆡ 그 광경을 보고 듸경(大驚)ᄒ야 급피 징(錚)을 쳐 군샤를 거두고 황녑을 구완ᄒ야 붓들고 진즁(陣中)으로 들어가거늘 원쉬 할일읍서 한 거름의 ᄶᅩᆺ쳐가 쟈운마(紫雲馬)를 ᄲᅦ셔 진즁의 도라오니라.

원쉬 승젼(勝戰)ᄒ고 도라오미 부쟝 이홍 등이 엿쟈오듸,

"쟝군이 연쇼(年少)ᄒ시고 ᄯᅩ 긔질(氣質)이 약ᄒ신듸 읏지 활을 잘 쑈시ᄂᆞᆫ잇고?"

원쉬 우어 왈,

"읏지 잘 쏜다 이르이요? 닉 일쟉 활법을 ᄇᆡ와기로 듸강 짐작ᄒ거니〈9a〉와 칼쎠ᄂᆞᆫ 법은 ᄇᆡ우지 못ᄒ지라. 만일 단병쳡쳔(短兵接戰)[48]ᄒᄂᆞᆫ 곳슬 만ᄂᆞ면 웃지 셩공키

---

48) 단병쳡쳔(短兵接戰) : 칼이나 창 따위의 짧은 병기로 적과 직접 맞부딪쳐 가까운 거리에서 싸움. 또는 그런 전투.

를 바라이요?"

ㅎ더라. 잇쩌 일싁(日色)이 ㅅ믜 져물고 월광(月光)이 졍히 죠흔지라. 군샤를 물니치고 질누(陣壘) 우의 쵹불을 발키고 홀노 안져던이 난듸읍는 기러긔 흔쌍이 울고 진즁으로 날어가거늘 원슈 마음의 고이히 역여더니, 진즁(陣中)이 고요ㅎ고 월싁(月色)이 희미흔지라. 쟝막(帳幕) 문이 열니거늘 원슈 놀나 보니, 일위(一位) ⟨9b⟩ 쇼년 명쟝(名將)이 황금투구의 쟈은갑(紫銀甲)을 입고 신쟝(身長)은 칠쳑(七尺)이요, 안싁(顔色)은 화려흔듸 칠쳑장검(七尺長劍)을 쎼여 들고 은연이 셧는지라. 원슈 다시금 살펴보니 칼빗치 셔리쌀 갓타 운광(雲光)을 희롱ㅎ는지라. 이윽히 보다가 헤오듸,

'졔 필연 쟈긱(刺客)이라 히코져 온 샤람이로다. 그러ㄴ 군진(軍陣)이 엄슉ㅎ고 황외(行伍) 분명흔지라, 졔 나는 시 몸이 아니여든 읏지 이곳셰 들어온고?'

ㅎ고 만단(萬端)으로 의아(疑訝)ㅎ야 문(問) 왈,

⟨10a⟩ "쟝군은 어인 샤람이관듸 방금(方今) 야심삼경(夜深三更)이라. 진즁(陣中)의 읏지 들어왓느뇨?"

그 쟝슈(將帥) 두 눈을 부릅써 쑤지져 왈,

"나는 비호듸쟝(飛虎大將)이라. 쥬(朱) 쟝군의 명을 밧어 쟝군을 히코져 왓거닐, 쟝군은 읏지 안연(晏然)히

안젓는요?"

원쉬 그 말을 들으미 정신이 읍셔 천지(天地) 어득흔지라. 쇼리를 질너 꾸지져 왈,

"느는 천쟈(天子)의 명을 바다 역적을 치러 왓씨니 웃지 왕화(王化)의 감화(感化)치 안이 리 어딕 잇씨리요? 방금 쳔하의 일쵸〈10b〉일목(一草一木)이라도 다 쳔쟈(天子) 우로지틱(雨露之澤)으로 싱쟝커늘 만고역젹(萬古逆賊) 쥬육(朱六) 놈은 ㅆ혜를 져바리고 녁뉼(逆律)의 범(犯)흔고로 늬 그놈의 목을 베혜 우리 인군의 근심을 들고져 ㅎ거늘 웃지 죽기를 두려ㅎ리요?"

그졔야 그 쟝쉬 칼을 짜의 더지고 우어 왈,

"쟝군은 부질읍시 놀느지 마시고 늬 말슴을 들어 보옵소셔."

ㅎ고 압희 각가히 안거늘 원쉬 흔연(欣然)ㅎ야 숀을 잇그러 셔로 구면(舊面)갓치 반겨 질기고 〈11a〉 슐을 나슈와 셔로 슈샴빅(數三杯)를 먹은 후의 원쉬 일너 왈,

"쟝군의 후(厚)흔 덕을 입샤와 죽을 목슘이 살어거니와 연고를 아지 못ㅎ와 답ㅆㅎ오니 한 말슴을 악기지 마르셔 의아흔 마음을 시원케 ㅎ옵쇼셔."

그 쟝쉬 웃고 ㅆ왈,

"쳡이 남자의 몸이 안이요, 곳 녀쟈의 몸이라. 셩은

뉴(劉)요, 일홈은 츈미(春梅)라. 젼 호산현령 뉴화(劉和)의 여쟈옵던이 명되(命途) 긔구(崎嶇)ᄒ와 일쟉 엄부(嚴父)를 여희고 모친을 〈11b〉 모시고 지리산즁(智異山中) 들어가 틱을도사(太乙道士)를 만나 공부ᄒ던이, 도사의 말숨이 너는 칼ᄡᅳ는 법을 빅와 후일의 딕쟝부(大丈夫)를 만ᄂ 후셰(後世)의 일홈을 젼ᄒ라 ᄒ신고로 칼ᄡᅳ는 법을 딕강 빅웟습던이, 쟉일(昨日)의 션관(仙官)이 ᄯᅩ 말숨ᄒ시기를, 지금 만고츙신(萬古忠臣)이 역젹과 ᄡᅡ화 명일(明日)의 승부(勝負)를 결단할 터이니 네 밧비 나가 구원ᄒ여 딕공(大功)을 이루고 연분(緣分)을 졍ᄒ라 ᄒ시옵기로 이곳의 왓사오며, 악가 〈12a〉 잠간 쟝군을 속이먼 쟝군의 긔한(氣限)을 보고져 함이니 쟝군을 죠곰도 의심치 마시옵고 의지홀 곳 읍ᄂ 인ᄉᆡᆼ을 불상이 역이소셔."

원쉬 그 말을 들으믹 틱을이란 말이 가쟝 고이ᄒᆞᆫ지라. 헤오되,

'뇌 칼법을 익지 못ᄒ믹 필경 틱을션관(太乙仙官)이 불상히 역이샤 이 샤람을 보닉시미라.'

ᄒ고 딕희(大喜)하야 뉴 낭쟈의 숀을 잡고 빅년가약(百年佳約)을 의논할 졔 츈미 투구와 갑옷을 벗고 보니 속의ᄂ 운무 〈12b〉 의샹(雲霧衣裳)과 금옥픠물(金玉貝

物)이 광칙(光彩) 션연(鮮然)ᄒ고 얼골을 다시 보니 진슈아미(螓首蛾眉)⁴⁹⁾와 월틱화용(月態花容) 쳔고(千古)의 드문 미식(美色)이라. 원쉬 딕열(大悅)ᄒ야 이날 밤의 진루(陣壘)의셔 빅년가약(百年佳約)을 일울 식 금극(劍戟)으로 화쵹(華燭)을 샴고 갑쥬(甲冑)로 관복(冠服)을 샴고 두 샤람 질기는 모양 쳔고의 드문 빌러라.

이러구로 일식(日色)이 발가오는지라. 군샤를 겸고(點考)ᄒᆯ식 모든 쟝관(將官)들이 바라보니 어인 일위(一位) 명쟝(名將)이 잇는지라. 이영이 엿자오딕,

"원슈 〈13a〉 겻히 잇는 쟝슈는 뉘시니잇가?"

원쉬 우어 왈,

"이는 나의 친구라, 이별ᄒᆫ 지 십여 년의 금일이야 맛ᄂᆞᆺ또다."

쟝관이 셔로 도라보와 일러 왈,

"쟉일(昨日)의 군샤 항외(行伍) 엄슉하야 느는 시라도 들어오지 못ᄒ겟거든 져 쟝쉬 엇지 들어온고?"

이샹ᄒ고 긔괴ᄒ야 셔로 챠탄(嗟歎)ᄒ는지라.

---

49) 진슈아미(螓首蛾眉) : 《시경》〈위풍(衛風)〉〈석인편(碩人篇)〉에서 쓰인 미인을 비유하는 말. 쓰르라미[螓]의 이마와 나방(蛾)의 눈썹을 지닌 미인을 뜻한다.

원쉬 츈미다려 들어온 곡졀(曲折)을 무른디 디왈,

"쳡이 일쟉 도샤(道士)의게 비공슐(飛空術)을 빅와 셰긜 우의는 나ᄼ이다."

원쉬 칭탄왈,

"낭ᄌᄂ 션〈13b〉인(仙人)이라. 읏지 셰샹 샤람의 당할 빅 되리요?"

이날 앗참을 지닉미 군진을 다시 졍졔(整齊)히 ᄒ야 싸홈을 도ᄼ더라.

잇써 황녑이 픽진(敗陣)ᄒ야 도라가미 쥬육이 근심ᄒ야 왈,

"닉 황녑을 쳔하명쟝으로 밋어던이 ᄼ번 싸홈을 보니 쟝옥션은 가위 명쟝이라 읏지ᄒ면 옥션을 샤로 자바, 황녑의 웬슈를 갑흘고?"

이젹의 황녑이 쟝막(帳幕) 아래의 누엇짜가 그 말을 듯고 분긔팅즁(憤氣撑中)ᄒ야 별덕 이러ᄂ 갑쥬(甲冑)를 입고 〈14a〉 쟝금(長劍)을 집고 ᄂ오며 디답(對答) 왈,

"일승일픽(一勝一敗)ᄂ 병가(兵家)의 샹샤(常事)라, 읏지 ᄒ 벗 픽(敗)ᄒ멀 붓그러ᄒ리요? 닉 오날은 쥭기로 힘써 옥션의 머리를 으더 도라오리이다."

쥬육(朱六)이 헉락ᄒ거늘 황녑이 군샤를 거ᄂ리고 ᄂ오며 함셩을 ᄒᄂ지라. 잇써 츈미(春梅) 진즁(陣中)의

잇다가 황녑의 나오믈 보고 원슈긔 고왈,

"쳡(妾)의 흔 싸홈을 허락ㅎ시면 곳 황녑의 목을 베혀 도라오리이다."

원쉬 층챤(稱讚)왈,

"낭쟈의 지죄를 닉 임의 알미 황녑 죽이〈14b〉기는 닉 두지사(來頭之事)이니와 낭쟈의 흔 몸을 읏지 만진군즁(萬陣軍中)의 들여보닐이요?"

하고 갑쥬(甲胄)를 셜치고 궁시(弓矢)를 갓쵸와 군샤 만명식 ᄂ노화 두 길로 범(犯)ᄒ니 황녑이 말을 치쳐 ᄂ오거늘 원쉬 활을 쏘니 황녑의 귀가흐로 화살이 지나미 넉슬 일은 지라. 츈미 잇ᄯ를 타 칠쳑 쟝금(長劍)을 번덕이며 쇼릭를 질러 왈,

"역젹 쟝슈 황녑은 목을 늘여 칼 바더라."

황녑이 그 함성 소릭에 넉슬 일어 말을 칮쳐 회〈15a〉진(回陣)ᄒ랴 ᄒ거늘 츈미(春梅) ᄯ 쇼릭 질러 왈,

"쥐 갓탄 황녑아! 도망 말고 게 잇거라. 나는 지리샨(智異山) 녀쟝군 뉴츈미(劉春梅)니 닉 션셩(先聲)을 들엇ᄂ야?"

황녑이 도망홀시 츈미 달녀들어 칼빛이 번쯧ᄒ며 황녑의 머리 짜희 쩌러지ᄂ지라. 츈미 머리를 칼씃희 꾀여 들고 만진즁(萬陣中)의 횡힝(橫行)ᄒ여 좌우로 츙돌ᄒ

니 도젹의 진셰(陣勢) 츄풍낙엽(秋風落葉) 갓탄지라. 츈미 황녑의 머리를 가져 원슈 젼(前)의 밧친딕 원슈 츈미의 손을 잡고 왈,

"낭〈15b〉지(娘子) 비록 녀쟈의 몸이라도 쟝냑(將略)과 직지(才智)는 예젼 명쟝(名將)도 이에 지느지 못ᄒ리로다."

ᄒ고 만군즁(滿軍衆)이 치하분々(致賀紛紛)ᄒ더라.

잇쩌 쥬육(朱六)이 황녑(黃獵) 죽으멀 보고 딕겁(大怯)ᄒ야 졔쟝(諸將)을 모와 의논ᄒᆞᆯ식, 쳘강(鐵强)이 쟝창딕금(長槍大劍)을 들고 썩 느스며 고(告)왈,

"쇼쟝(小將)이 느가 옥션(玉仙)과 녀쟝(女將)의 머리를 취ᄒᆞ야 올이々다."

쥬육이 허락ᄒ니 쳘강이 졔쟝군쫄(諸將軍卒)을 몰슈(沒數)히 잇글고 느오거늘 츈미(春梅) 바라보고 쏘 츌마(出馬)ᄒ기를 쳥ᄒᆞᆫ딕, 원슈 왈,

"읏지 낭쟈의 두 번 슈고를 〈16a〉 식이리요?"

하고 쟈운마(紫雲馬)를 츅켜 타고 나는 다시 달려들어 싸홀식 슈합(數合)이 못 되야 쳘강(鐵强)이 칼을 들어 원슈를 칠야ᄒ거늘 원슈의 손이 번듯ᄒ며 솜빅근(三百斤) 쳘퇴(鐵槌) 나려지는 쇼릭 쳔지진동(天地振動)ᄒ고 산쳔(山川)이 움작이며 쳘강의 일신(一身)이 편々박

살(片片撲殺)되야 형희(形骸)가 읍ᄂ지라.

 원슈의 졔쟝이 이 승젼고(勝戰鼓)를 울리고 진즁(陣中)의 횡ᄼ(橫行)하더니 어느듯 츈미(春梅) 디검(大劍)을 빗겨 들고 소리를 지르면셔 젹진 즁의 달녀들어 동(東)으로 벗듯 동쟝(東將)을 베고 셔(西)으로 벗듯〈16b〉셔쟝(西將)을 베히니 젹진(敵陣)이 경겁(驚怯)ᄒ야 모다 챵(槍)을 걱구로 쟙고 달녀와 항복ᄒᄂ지라.

 원쉬 다 진무(鎭撫)ᄒ고 쥬육(朱六)의 영문(營門)의 다ᄯ르니 젹진 등 졔쟝이 쥬육을 결박ᄒ야 원슈 젼의 들이거늘 원쉬 쥬육을 쟙아 들여 문쵸(問招)ᄒ고 곳 경셩(京城)으로 올려 보닉여 쟝안디도샹(長安大道上)의 효슈쳐참(梟首處斬)ᄒ니 쟝안 신민(臣民)이 샹쾌히 여기지 아니 리 읍고 혹은 혀도 잘라 먭고 고기고 베혀 먹더라.

 원쉬 그〈17a〉 길로 딕군(大軍)은 돌려보닉고 츈미와 날린 군샤 일쳔인(一千人)을 거ᄂ리고 월낭(越浪)으로 들어가 이 샹셔(李尙書)의 쳐쇼(處所)를 챠자 가니, 잇ᄯᅥ 이 샹셰 빅소(配所)의 홀로 안져 신셰(身世)를 챠탄(嗟歎)하더니, 난딕읍ᄂ 일위(一位) 쇼년 명공(名公)이 들어오며셔 샹셔 젼의 공손히 지빅(再拜)하거늘, 샹셰 놀라 이러 맛고 예필좌졍(禮畢坐定) 후에 연골을 무른

디, 원슈 고왈,

"빙쟝(聘丈)은 쇼쟈(小子)를 모로시느잇가? 쇼쟈는 쟝옥션이로쇼이다."

ᄒᆞ고 젼후셜화(前後說話)와 취쳐(娶妻)ᄒᆞ던 일을 낫ᄉᆞ치 셜화(說話)ᄒᆞ니 샹셰 원슈의 숀을 잡고 일희일비(一喜一悲) 왈,

"이 어인 일고? 샤회 곳 안이면 국가 샤직(社稷)이 유지되며 노신(老身)의 사라 도라가기를 엇지 긔약(期約)ᄒᆞ리요?"

이러타시 반기고 셜화ᄒᆞ더라. 원슈 엿쟈오디,

"졍비(定配)는 임의 히셕(解釋)되얏씨니 쳥컨딘 먼져 올느가샤이다. 쇼쟈는 부친을 차져 모시고 가오리다."

하고 인ᄒᆞ야 쟝게(狀啓)ᄒᆞ야 연유를 샹게 고ᄒᆞ니, 이 샹셰 곳 길을 쩌느 경셩(京城)의 다ᄉᆞ러 궐닉의 들어가 원슈의 쟝게를 들인딘, 샹이 샹셔의 숀을 잡고 못닉 반겨ᄒᆞ시고 옥션의 지죠를 층챤ᄒᆞ시더라.

일합멸젹당(一合滅賊黨) 팔년알엄친(八年謁嚴親)
훈합의 도젹의 당뉴를 멸ᄒᆞ고, 팔 년만의 비로쇼 부친을 뵈온쏘다

원슈 그 길노 탐느국(耽羅國)을 향ᄒ야 갈시 신은 짜에 일으니 젹당(賊黨)이 고을々 웅거(雄據)ᄒ지라, 그 젹쟝의 일홈은 막쇠(莫衰)니 힘이 발산지녁(拔山之力)을 가지고 용〈18b〉뫼(容貌) 영특ᄒ지라. 쥬육(朱六)의 명(命)을 바다 신은의 둔(屯)쳐던이 쥬육(朱六)의 쥭으멀 듯고 군샤를 달녀 오ᄂ 길이라. 원슈와 한가지 만나 싸홈을 ᄒ랴던이 막쇠 말을 치질하야 딕금(大劍)을 빗겨 들고 함셩ᄒ고 ᄂ오거날, 원쉬 오여 왈,

"너의 쟝쉬 임의 닉 칼의 쥭은지라, 네 읏지 살기를 도모ᄒ리요?"

이러타시 분々(紛紛)할 졔 츈믹(春梅) 말을 달녀 칼을 둘으며 오여 왈,

"이놈 막쇠야, 목을 느려 칼 바드라!"

ᄂ 쇼릭에 막쇠 넉을 일은지라. 칠〈19a〉쳑 쟝금(長劍) 벗듯ᄒ며 막쇠(莫衰)의 머리 짜의 쩌러지거날 츈믹(春梅) 칼 끗희 쇠여 들고 승젼고(勝戰鼓)를 울니고 도라오니, 원쉬 숀을 잡어 위로ᄒ고 곳 쟝게(狀啓)ᄒ야 그 연유를 알외고 원쉬의 일힝은 탐나(耽羅)로 향ᄒ니라.

챠셜(且說) 원쉬 길을 써ᄂ 슈십일(數十日)만의 탐느의 다々르니 비회(悲懷)를 금치 못할지라. 곳 쟝 시랑

(張侍郞)의 비쇼(配所)를 챠져가니 시랑이 읍는지라. 원쉬 놀나 무른딕 쥬인이 고왈,

"샹공(相公)이 왕々(往往)히 흥(興)을 타셔 〈19b〉 고기 낙기로 쇼일(消日)ᄒ더니 슈일 젼의 쳥계강(淸溪江)으로 가 지금것 도라오지 안이 ᄒ시니이다."

원쉬 곳 쳥계강을 챠져가니 빅샤(白沙)는 십니(十里)를 연ᄒ고 벽슈(碧水)는 쳔쟝(千丈)을 날솟는딕, 일위(一位) 어옹(漁翁)이 쳥냑닙녹샤의(靑落笠綠蓑衣)50)로 강간(江間)의 안져거늘, 원쉬 쒸여느려 가 보니 과연 시랑(侍郞)이라. 원쉬 졀ᄒ고 업더져 인ᄒ야 통곡ᄒ니 시랑은 곡졀(曲折)을 모로고셔 놀나 왈,

"어인 샹공이 무슴 닐노 이딕지 셜허 ᄒ시ᄂ잇가? 말슴이ᄂ〈20a〉 ᄒ샤이다."

원쉬 이러 졀ᄒ고 엿쟈오딕,

"쇼ᄌ(小子) 옥션(玉仙)을 모로시ᄂ잇가?"

시랑이 々 말 듯고 두 슌을 붓들고 울며 왈,

"옥션이란 말이 어인 말고? 꿈이냐 싱시(生時)냐? 옥션 오단 말이 웬 말이냐?"

---

50) 쳥냑닙녹샤의(靑落笠綠蓑衣) : 푸른색의 떨어진 삿갓과 초록색의 도롱이 옷.

ㅎ며 일쟝통곡(一場痛哭)ㅎ거늘 원쉬 붓들고 위로ㅎ야 비쇼(配所)의 도라와 밤을 발켜 셜화(說話)할시, 쳐음의 날니(亂離) 만느 모지(母子) 피란(避亂)ㅎ야 빅낙촌(百樂村)의 가 취쳐(娶妻)혼 말과 경셩(京城)의 들어가 과거(科擧)ㅎ야 모친 모셔 올너가고 쏘 졍 샹셔와 이 샹셔의 셔랑(壻郎)된 말슴과 완부(完府)의 도적과 〈20b〉 싸홀시, 츈미(春梅) 만나 셩공ㅎ던 말슴과 이 샹셔 챠져 올녀 보닉던 말슴을 낫ㅅ치 고ㅎ온딕 시랑이 등을 어로만져 왈,

"나의 옥션이 ㅅ럿탓 쟝뷔(丈夫) 되니 읏지 긔특지 안이리요?"

ㅎ더라. 잇떠 츈미 들어와 시랑게 뵈온딕 시랑이 층챤(稱讚) 왈,

"현뷔(賢婦) 쟝부를 도와 딕공(大功)을 이루니 읏지 긔특지 안이리요?"

ㅎ더라. 그날 밤 지난 후의 원쉬 시랑을 뫼시고 길을 떠나 경셩으로 향할시 산동현(山東縣)의 다ㅅ르니 잇떠 〈21a〉 무연(舞鷰)이 샹공(相公)을 이별혼 후로 쥬야(晝夜) 만나기를 싱각던이 ㅅ젹의 원쉬 딕공(大功)을 이루고 시랑을 모셔 경셩으로 향ㅎ멀 듯고 딕연(大宴)을 비셜(排設)ㅎ야 기다리던이 원슈의 일힝이 산동현의 들어

가 슉쇼(宿所)를 졍홀시 무연이 딕희(大喜)ᄒ야 들어와 원슈와 흔연(欣然)이 만나 그간 졍회(情懷)를 셜화(說話)ᄒ고 시랑게 뵈온딕, 시랑이 쏘훈 사랑ᄒ멀 마지 안이 ᄒ더라.

명일(明日)의 무연을 다리고 길〈21b〉을 써ᄂ 슈십일만의 경셩(京城)의 다ᄊ를식, 이젹의 샹이 옥션이 도라오멀 듯고 승평연(昇平宴)을 빅셜ᄒ고 친히 남문(南門) 박긔 거동(擧動)ᄒ샤 원슈를 마질식, 원슈 샹게 뵈ᄋᆸ고 샤비(四拜) 후 황은을 샤례ᄒ고 만ᄊ셰(萬萬歲)를 불은니, 샹이 원슈의 숀을 잡고 위로 왈,

"쳔하도탄(天下塗炭)의 경이 곳 아니더면 샤직(社稷)을 읏지 보죤ᄒ리요? 십뉵 셰된 아희 이럿탓 셩공홈은 쳔고(千古)의 드무도다."

ᄒ시고 못ᄂ 층찬ᄒ〈22a〉시고 즉일(卽日)의 원슈를 다리고 환궁(還宮)ᄒ샤 시랑(侍郞)을 부르샤 숀을 잡고 위로 왈,

"짐(朕)이 불민(不敏)ᄒ야 경(卿)으로 하야금 원지(遠地)의 고싱케 ᄒ니 이제 경을 보미 실노 참괴(慙愧)ᄒ도다."

흔딕 시랑이 머리를 두다려 황은을 샤례(謝禮) 왈,

"쳔은(天恩)이 망극(罔極)ᄒ와 죄(罪) 즁(重)ᄒ온 신

의 몸이 살아오니, 웃지 황감(惶感)치 안이 ᄒᆞ오릿가? 신의 쟈식 옥션은 년쳔몰각(年淺沒覺)한 어린 아히 황샹(皇上)의 너부신 복으로 쳔하를 평정ᄒᆞ오니 국가의 만힝(萬幸)이로쇼이다."

샹이 원슈의 공을 층찬 왈,

"시랑의 〈22b〉 아달 곳 안이러면 늬 웃지 샤직(社稷)을 안보(安保)ᄒᆞ리요?"

이러탓 층찬ᄒᆞ시고 즉일(卽日)의 시랑을 비(拜)ᄒᆞ야 승샹(丞相)을 하이시니 승샹이 황은(皇恩)을 츅샤(祝辭)ᄒᆞ고 집의 도라와 부인을 쳥ᄒᆞ니 부인이 들어와 셔로 숀을 잡고 일쟝통곡(一場痛哭) 후의 셔로 고싱ᄒᆞ던 셜화를 낫ᄉᆞ치 ᄒᆞ더라.

잇찍 치봉(彩鳳), 홍능(紅綾), 츄란(翠鸞), 잉ᄉᆞ(鶯鶯)은 승샹게 보옵고, 츈미 무연은 부인게 뵈옵고, 셔로 즐기ᄂᆞ 모양 만고(萬古)의 드문 빌너라. 이러구로 원슈 쳔쟈의 샹샤(賞賜)를 만히 밧고 일〈23a〉등공신(一等功臣)을 봉(封)ᄒᆞᄆᆡ 은총(恩寵)이 거록ᄒᆞᆫ지라. ᄆᆡ양(每樣) 한극(閑隙)을 타셔 집의 도라와 여러 미인으로 더부러 질길싀, 치봉은 글을 지여 을푸고, 무연을 팔을 드러 츔을 츄고, 잉ᄉᆞ은 노ᄅᆡ를 부르고, 홍능은 거문고를 타고, 츄란은 비파를 치고, 츈미ᄂᆞ 쟝금(長劍)을 ᄲᅡ여 츔을 츄고,

원슈는 옥져(玉笛)를 늬여 곡죠(曲調)를 지여 부니, 쇼 리 셔로 응ᄒ고 곡죄(曲調) 셔로 합ᄒ야 화락(和樂)ᄒᄂ 졍의(情誼)ᄂ 쳔고(千古)의 읍ᄂ 빌너라.

챠샹일공쥬(且賞一公主) 딕연칠미인(大宴七美人)
쏘한 공쥬의게 샹ᄒ고, 크게 일곱 미인을 연희ᄒᄂ
쏘다

〈23b〉챠셜(且說) 잇ᄯᅧ 샹이 ᄉᄉ남일녀(二男一女)를 두엇씨니 일쟈(一子)ᄂ 셰자(世子)요, 이쟈(二子)ᄂ 형남딕군(荊南大君)이요, 녀쟈ᄂ 형샨공쥐(荊山公主)라. 샹이 형샨을 샤십지년(四十之年)의 으드미 특이 샤랑ᄒ시더니 형산이 졈졈 쟈라ᄂᄆᆡ 용묘(容貌) 화려ᄒ고 쟈싴(姿色)이 아람다온지라, 샹이 샤랑ᄒ샤 어진 빈필(配匹)을 구코쟈 ᄒ더니 쟝 승샹〈24a〉의 아달 나흐벌 듯고 결혼코져 ᄒ야던이 잇쩌 원쉬 임의 취쳐(娶妻)ᄒ엿난지라, 헐일읍셔 샤방(四方)으로 부마(駙馬)를 구ᄒ되 맛당ᄒ 지 읍셔 근심을 말지 안이ᄒ시더라.

형샨이 십 셰 되엿씰 쩌여 왕후(王后) ᄉᄉ원(後園)의 ᄭᅩᆺ슬 구경코쟈 놀다가 비몽샤몽간(非夢似夢間)의 일위

노인이 겻틱 안져 고왈,

"공쥬는 틱을(太乙)의 졈제(點指)흔 비요, 틱을은 곳 닉라. 틱을의 졈제흔 샤람을 구하야 빅필(配匹)을 졍흔 후에야 빅년을 질기고 앙〈24b〉화(殃禍)를 면(免)ᄒ리라."

ᄒ고 품으로 일기(一個) 옥쇼(玉簫)를 닉여 왕후 젼의 들이며 왈,

"이는 틱을궁(太乙宮) 옥쇼(玉簫)라 품이 가쟝 죳코 소릭 쏘흔 쳥아(淸雅)ᄒ야 쳐마다 쇼릭 닉지 못ᄒ고 쥬인을 만ᄂ야 쓰일 쩍 잇고 틱을궁 옥져(玉笛)는 임의 세샹의 ᄂ온 지 오란지라. 그 옥져 부는 쟈와 이 옥쇼 부는 샤람이 쳔졍연분(天定緣分)이니 왕후는 쳔시(天時)를 일치 마쇼셔."

ᄒ고 인ᄒ야 가거늘 왕휘 씌여 본이 남가일몽(南柯一夢)이라. 고히 역여 이러 본이 과연 일기 옥쇄 〈25a〉 잇ᄂ지라. 고히 역기ᄉ를 마지 안이ᄒᄉ라 급히 집어 본이 형샨빅옥(荊山白玉)으로 통쇼(洞簫)를 팟스미 형용(形容)이 아람답고 등의 샥여씨되,

'형荊샨山옥玉쇄簫유有쥬主ᄒ믹 삼三샨山옥玉졔笛득得빅配라'[51)

ᄒ엿ᄂ지라. 왕휘 이샹이 역여 모든 궁녀다려 불ᄂ하

니 쇼리 느지 안는지라. 공쥬 불기를 쳥ᄒᆞᆫ듸 왕휘 샤랑ᄒᆞ야 옥쇼(玉簫)를 쥬니 공쥬 바다 불ᄆᆡ 쇼리 쳥아(淸雅)ᄒᆞ야 곳 공즁으로 오르는 듯ᄒᆞ고 곡죄 졀노 되ᄆᆡ 공즁으로셔 〈25b〉 일쌍(一雙) 빅학(白鶴)이 ᄂᆞ려와 곡죠를 응하야 편쳔히 츔을 츄는지라. 왕휘 보고 긔이ᄒᆞ고 샤랑ᄒᆞ고 이샹ᄒᆞ야 왕게 고ᄒᆞᆫ듸, 왕이 딕찬(大讚) 왈,

"니 녀이(女兒) 반다시 션녀(仙女)의 젹강(謫降)51)ᄒᆞᆫ 비라. 빈필(配匹)을 잘 구ᄒᆞ야 빅년(百年)을 즐기게 ᄒᆞ미 가ᄒᆞᄂᆞ 샴샨(三山) 옥져(玉笛)를 어늬 곳의 만나리요?"

이러타시 샤랑ᄒᆞ야 형샨 옥소를 응(應)ᄒᆞ야 형샨공쥬(荊山公主)를 봉(封)ᄒᆞ니라. 공쥬 ᄆᆡ양 월月명明지之야夜를 당ᄒᆞᄆᆡ 옥쇼(玉簫)를 닉여 불어 학의 츔을 구경하더니 잇ᄯᅥ 빅〈26a〉학이 옥쇼를 응ᄒᆞ야 춤츄다가 홀연 공즁(空中)으로 나러가더니, 이윽고 언인 일쌍(一雙) 쳥

---

51) 형荊샨山옥玉쇠簫유有쥬主ᄒᆞ미 삼三샨山옥玉졔笛득得빈配라 : 공주의 옥소에 적혀 있던 글씨. 형산 옥소에 주인이 있으니 삼산의 옥저가 짝을 얻으리라는 뜻이다.

52) 젹강(謫降) : 하늘의 존재가 죄를 지어 인간 세상에 귀양 오는 형식으로 내려와서 태어나는 일.

학(靑鶴)을 다리고와 한가지 츔츄다가 쏘 날어가 왓다 갓다 흐여 분쥬(奔走)히 날어 딩기는지라. 형샨이 고이 히 역여 옥쇼(玉簫)를 긋치고 들으니 어듸로 옥져 쇼릭 쳥아히 느미 샤람의 심쟝을 샹활(爽闊) 듯ᄒᆞ는지라.

 공쥬 여광여취(如狂如醉)ᄒᆞ야 곳 궁인(宮人)을 보뉘 여 학을 짜라가 옥져 부는 곳슬 알고 오라 ᄒᆞ니 궁인이 명을 바다 짜〈26b〉라가니 과연 원슈의 집 후원(後園)이 라. 잇쩌 원쉬 육미인(六美人)으로 더부러 질길시 옥져 (玉笛)를 불어 학의 츔을 구경ᄒᆞ는지라. 궁인(宮人)이 보기를 다하미 긔이ᄒᆞ야 곳 들어가 공쥬긔 고왈,

 "쟝 원슈(張元帥)의 후원의셔 원쉬 옥져를 불더이 다."

 공쥬 이 말 듯고 차탄(嗟歎)ᄒᆞ야 궁인으로 ᄒᆞ야금 왕 후게 그 연유(緣由)를 통ᄒᆞ라 흔듸 궁인이 쟈쵸지죵(自 初至終)을 낫ᄉᆞ치 왕후게 고흔듸, 왕휘 이 말이 지듯마 듯ᄒᆞ며 경탄 왈,

 "원슈는 본듸 샴산(三山) 샤〈27a〉람이라, 샴샨 옥져 를 이졔 웃고 쏘 공쥬와 원쉬 동갑(同甲)이라 ᄒᆞ니, 쳔졍 연분(天定緣分)이 ᄉᆞ 샤람의게 잇도다!"

 ᄒᆞ고 곳 왕게 고흔듸, 왕이 딕왈,

 "쟝옥션의 직모(才貌)는 쳔고(千古)의 읍는 빅라. 닉

일쟉 형산의 비필을 정코져 ᄒᆞᄂ 다만 옥션이 임의 취쳐(娶妻)ᄒᆞ엿씨니 웃지하리요?"

왕휘 고왈,

"형샨의 연분이 임의 옥션의게 잇시미 젼의 취쳐흔 낭쟈는 다 연분이 안이라. 옥션다려 물니치라 ᄒᆞ고 형샨으로 비필을 〈27b〉 졍ᄒᆞ샤이다."

왕이 올히 역여 외젼(外殿)의 나와 형남ᄃᆡ군(荊南大君)을 보닉여 옥션의 집의 가 쯧슬 보라 ᄒᆞ니, ᄃᆡ군이 명을 밧고 옥션의 집의 ᄂᆞ가니 옥션이 흔연히 ᄂᆞ와 마져 좌졍(坐定) 후의 원슈 엿쟈오되,

"ᄃᆡ군이 누옥(陋屋)의 왕님(枉臨)ᄒᆞ시니 실노 감샤ᄒᆞ와이다."

ᄃᆡ군이 샤례(謝禮)ᄒᆞ고 왈,

"과인(寡人)이 쟉야(昨夜)의 월ᄉᆡᆨ(月色)을 구경코져 원샹(園上)의 비회(徘徊)터니 홀연 쳥아흔 옥져 쇼ᄅᆡ 나거늘 들으미 진기(眞箇) 인간 쇼ᄅᆡ 안이라. 무른 즉 샹공이 희롱흔 〈28a〉다 ᄒᆞ니 진젹(眞的)ᄒᆞ며 그런 보비를 어닉 곳으로 죳쳐 어든잇가?"

원슈 황공 ᄃᆡ왈,

"복(僕)이 월흥(月興)을 이긔지 못ᄒᆞ와 드러온 쇼ᄅᆡ를 ᄒᆞ얏던이 웃지 ᄃᆡ군(大君)의 들으시미 될 쥴을 쯧하

엿샤오리요? 옥져(玉笛) 츌쳐(出處)를 무루시니 감히 디 답ᄒᆞᆸᄂᆞ이다."

ᄒᆞ고 낫낫치 셜화ᄒᆞ니 디군이 층탄불이(稱歎不已)ᄒᆞ고 인ᄒᆞ야 왈,

"옛말의 ᄒᆞ얏시되 임군이 혹 죠금 그릇ᄒᆞᆫ 닐을 힝ᄒᆞ 미 신자(臣子) 도리의 힝ᄒᆞᆫ다 하엿씨니 그 말이 올흔잇 〈28b〉가?"

원쉬 정싁(正色) 왈,

"웃지 그러리잇고? 현군(賢君)은 간신(諫臣)을 쓴다 ᄒᆞ엿씨니 임군이 허물이 잇시면 신지(臣子) 맛당히 죽 기로 힘써 간(諫)ᄒᆞᄂᆞᆫ 도리 당연ᄒᆞ오이다."

디군(大君)이 그 말 듯고 붓그러 샤례ᄒᆞ고 들어가 원 슈와 슈쟉(酬酌)ᄒᆞᆫ 말을 낫낫치 왕게 고ᄒᆞ되, 왕이 챠탄 (嗟歎) 왈,

"가위 츙신(忠臣)이라 일을지로다. 웃지 ᄒᆞ면 혼샤 (婚事)를 일울이요?"

이윽히 싱각던이 디군다려 일너 왈,

"늬 이졔 승샹(丞相)을 명쵸(命招)ᄒᆞ야 혼샤를 말ᄒᆞ 면 승샹은 지위 즁ᄒᆞᆫ 직〈29a〉샹(宰相)이라 박약(薄弱)지 못할 거시니 옥션이 아모리 ᄒᆞᆫ들 인군의 명(命)이 엄졀 (嚴切)ᄒᆞ고 부친의 명이 쏘 잇시면 웃지 어긔리요?"

하고 곳 승샹을 명쵸(命招)ㅎ시니, 승샹이 명을 응ㅎ야 들어오거늘, 샹이 쟈리를 쥬시고 연ㅎ야 왈,

"예젼의 디슌(大舜)이 조졍(朝廷)을 도와 디공(大功)을 이루고 쳔하를 티평(太平)케 ㅎ시미, 졔외(帝堯) 두 따님을 나리샤 디슌의 공을 갑흐셧다 ㅎ니 이졔 쳔하를 평졍하야 샤직(社稷)을 안보(安保)홈은 다 옥션의 공이라. 니 옥션〈29b〉의 공을 갑지 못ㅎ얏기로 형산공쥬를 나려 첫지ᄂ 쳔졍연분(天定緣分)을 잇게 ㅎ고, 둘지ᄂ 옥션의 공을 갑고져 ㅎ노니, 웃더ㅎ뇨?"

승샹이 고두샤왈(叩頭謝曰),

"옥션이 무슴 공이 잇스오며, 쏘흔 옥션이 임의 취쳐(娶妻)ㅎ엿스오니 셩샹(聖上)은 통쵹(洞燭)ㅎ샤이다."

샹이 우워 왈,

"그러ᄂ 니 임의 쯧을 졍ㅎ지라, 다시 할 길 읍시니, 승샹은 의논하여 니 쯧을 어긔지 말ᄂ."

승샹이 황공(惶恐)ㅎ야 곳 명을 밧고 집의 도라와 옥〈30a〉션다려 황샹(皇上)의 명을 젼하니 옥션이 할일읍셔 니당(內堂)의 들어가 그 말을 셜화(說話)ㅎ니 육 부인이 그 말 듯고 셔로 붓들고 울며 왈,

"우리 육인(六人)이 샹공의 후은(厚恩)을 마더 빅년을 긔약코쟈 ㅎ얏던이 ᄯ졔 허샤(虛事) 되엿시니 우리

임의 쟝씨 문즁의 허신(許身)흔지라, 읏지 다른 뜻시 잇씨리요?"

셔로 죽기로 쟈쳐(自處)ᄒ니 원슈 위로 왈,

"황샹이 승명(聖明)ᄒ시니 닉 나어가 잘 품달(稟達)ᄒ면 이딕지 학졍(虐政)을 ᄒ시지 안이〈30b〉실 듯ᄒ니 부인들은 진졍(鎭靜)ᄒ라."

육낭직(六娘子) 셔로 셔러ᄒᄂᆞᆫ 모양 참아 보지 못 할 너라. 잇쩌 원슈 궐문 밧긔 딕죄(待罪)ᄒ고 샹쇼(上疏) 지여 올니ᄉᆞ 그 글의 ᄒᄋᆞ엿시되,

"샴군딕원슈(三軍大元帥) 신(臣) 쟝옥션(張玉仙)은 근죄목빅빅(近罪目百倍)ᄒ야 셩샹젼하의 글을 올니ᄂᆞ이다. 복이(伏以) 부ᄉᆞᄂᆞᆫ 오륜지일(五倫之一)이라, 흔번 밍셰를 졍ᄒᄋᆞ오면 다른 뜻시 읍스믄 녀쟈(女子)의 당힝지되(當行之道)라. 셩샹은 읏지 통〈31a〉쵹(洞燭)지 못ᄒ시ᄂᆞ잇가? 신은 들으니 죠강지쳐(糟糠之妻)ᄂᆞᆫ 불하당(不下堂)이라 ᄒᄋᆞ오니 셩샹(聖上)은 다시 하감(下鑑)ᄒ옵셔 신을 숑홍(宋弘)[53]의 예로 딕졉(待接)ᄒ시믈 복망

---

53) 숑홍(宋弘) : 후한 광무제 때 사람. 광무제가 송홍에게 그의 누이와 혼인할 것을 권했으나 송홍은 조강지처를 버릴 수 없다고 하며 이를 거절했다.

(伏望)이라."

ᄒᆞ얏더라. 잇찍 샹이 글을 보시고 경탄ᄒᆞ샤 샹쇼(上疏)를 가지고 닉젼(內殿)의 들어가샤 왕후와 공쥬게 보이신ᄃᆡ, 공쥐 졀ᄒᆞ고 엿쟈오ᄃᆡ,

"츙신은 불샤이군(不事二君)이요 녈녀(烈女)ᄂᆞᆫ 불경이부(不更二夫)라 ᄒᆞ엿시〈31b〉니 쟝 원쉬(張元帥) 임의 육부인(六夫人)을 취ᄒᆞ야 ᄇᆡᆨ년(百年)을 밍셰ᄒᆞ엿거날, 부친의 젼교(傳敎) 이디지 엄졀(嚴切)ᄒᆞ시니 헐일읍셔 육부인이 다 죽기로 쟈쳐(自處)ᄒᆞ엿다 ᄒᆞ오니, 읏지 ᄒᆞᆫ 샤람으로 하야곰 여셧 샤람의 목슘을 ᄭᅳᆫ으오며, 쪼ᄒᆞᆫ 방금 날니지여(亂離之餘)의 군뷔(君父) 어진 졍샤(政事)를 ᄒᆡᆼᄒᆞ시ᄂᆞᆫᄃᆡ, 읏지 여쟈로 하여금 불인지졍(不仁之政)을 ᄒᆡᆼᄒᆞ시리잇가? 쇼녀ᄂᆞᆫ 듯샤온즉 쟈고(自古)로 왕후(王侯)의 ᄯᆞᆯ이 ᄒᆞ가(下嫁)ᄒᆞ오미 잉쳡(媵妾) 슈ᄇᆡᆨ인(數百人)〈32a〉이 모신다 ᄒᆞ오니 읏지 육인(六人)을 두지 못ᄒᆞ올잇가?"

샹과 왕휘(王后) 갓치 좌졍(坐定)ᄒᆞ셧다가 이 말 듯고 공쥬의 등을 어로만져 층찬 왈,

"녀쟈의 말이 실노 쟝부(丈夫)의 소견에 지닌도다."

ᄒᆞ시고 딕희ᄒᆞ샤 곳 외젼(外殿)의 ᄂᆞ셔 쟝 승샹을 명쵸(命招)ᄒᆞ샤 공쥬의 말슴을 젼ᄒᆞ시니, 승샹(丞相)이 복

지(伏地)하얏다가 경탄하야 이러 절하고 즉 왈,

"공쥬의 너부신 도량이 ㅅ럿탓 하시니 가위(可謂) 〈32b〉 제왕(帝王)의 여쟈라. 신(臣) 등이 읏지 은명(恩命)을 밧지 안이리요."

하고 곳 샤례(謝禮)하고 물너느와 옥션다려 공쥬의 말슴을 젼하니 옥션이 경탄 왈,

"심규(深閨)의 게신 낭지 읏지 이디지 도량이 홍디(弘大)하신고?"

하고 곳 닉당(內堂)의 들어가 부인 젼의 그 연유를 고하고 별당(別堂)의 들어가니, 잇쩌 육부인이 셔로 붓들고 우는지라. 원슈 희식(喜色)이 만안(滿顔)하야 일너 왈,

"부인 등은 근심치 마르시고 닉 말을 〈33a〉 들으쇼셔"

하고 인하여 공쥬의 말슴을 셜화하니, 육부인 일희일경(一喜一驚) 왈,

"궁문(宮門)이 깁고 깁허 싱민(生民)의 간고(艱苦)를 명쵹(明燭)지 못할지라, 공쥬는 읏지 도량(度量)이 ㅅ디지 쟝(壯)하신고?"

하고 셔로 위로하야 챠탄하고 일너 왈,

"공쥬의 도량이 ㅅ디지 너부시니 우리 등은 반다시 은퇴(恩澤)을 만히 입으리로다."

ᄒᆞ고 셔로 치하(致賀)ᄒᆞᄂᆞᆫ 쇼릭 분々(紛紛)ᄒᆞ더라.
잇ᄯᅥ 원쉬 곳 궐닉(闕內)의 들어가 쳔은(天恩)을 〈33b〉
샤례(謝禮)ᄒᆞᆫ딕 샹이 공쥬를 딕챤(大讚)ᄒᆞ시고 곳 일관
(日官)을 명ᄒᆞ샤 길일(吉日)을 갈희여, 가례(嘉禮)를 힝
할ᄉᆡ 잇ᄯᅢᄂᆞᆫ 츈숨월(春三月) 호시졀(好時節)이라. 도화
(桃花)ᄂᆞᆫ 쟉々(灼灼)ᄒᆞ고 기엽(其葉)은 진々(溱溱)ᄒᆞ니
졍히 남혼녀가(男婚女嫁) 할 ᄯᅥ너라. 길일을 당ᄒᆞ야 궐
닉의셔 젼안쵸례(奠雁醮禮)ᄒᆞ고 밤을 당ᄒᆞ야 신방(新
房)을 챠려 션관션녜(仙官仙女) 모여 안지니 쳔고(千古)
의 읍ᄂᆞᆫ 승(盛)ᄒᆞᆫ 녜(禮)요, 만고(萬古)의 듯지 못ᄒᆞᆯ 위
의(威儀)라. 원쉬 공쥬를 딕ᄒᆞ야 왈,

"공쥬〈34a〉의 은덕으로 여셧 샤람 목슘을 살니고 오
날 이럿탓 죠히 모이니 공쥬의 너부신 도량이 웃지 그딕
지 쟝ᄒᆞ신잇가? 실노 만고열녀(萬古烈女)의 밋지 못ᄒᆞᆯ
비로쇼이다."

공쥬 슈괴(羞愧) 왈,

"쳡이 웃지 도량(度量)이라 이르리잇가? 쳡이 일쟉
가졍 교흑(敎育)을 입사와 허다ᄒᆞᆫ 음부투녀(淫婦妬女)
의 힝실은 본밧지 안이ᄒᆞ고 쟝부(丈夫)의 ᄯᅳᆺ슨 거샤리
지 안이 할가 ᄒᆞ노이다."

원쉬 이 말 듯고 흔연(欣然)ᄒᆞ야 〈34b〉 화쵹동방(華

燭洞房)54) 죠흔 밤의 금피옥요(錦被玉褥) 펴여 놋코 원앙비취지낙(鴛鴦翡翠之樂)을 질기니 그 안이 승시(勝事) 될이요.

밤을 지눈 후의 원쉬 탑젼(榻前)의 들어가 옹셔지례(翁婿之禮)로 샹과 왕후 젼의 뵈옵고 도라와 승샹과 부인 젼의 뵈옵고, 별당의 들어가 육부인을 디ᄒᆞ야 공쥬의 셩흔 위의(威儀)와 아람다온 쟈싴(姿色)을 말ᄒᆞ고 층찬 불이ᄒᆞ니 육 부인이 그 말 듯고 원슈게 치하 왈,

"샹공이 쏘 현합(賢閤)〈35a〉을 으드시니 이ᄂᆞᆫ 쳔고(千古)의 드문 닐이라, 쳡 등이 감히 하례(賀禮)ᄒᆞ옵ᄂᆞ이다."

ᄒᆞ고 셔로 질긔여 화긔만당(和氣滿堂) ᄒᆞ더라.

챠셜(且說) 원쉬 칠미인을 다 으드미 틱을션관(太乙仙官)의 청옥칠긔(靑玉七箇)를 씌닷고 칠미인(七美人)으로 더부러 화긔옹ᄉᆞ(和氣雝雝)ᄒᆞ고 위의습ᄉᆞ(威儀襲襲)ᄒᆞ야 죠곰도 편이(偏愛)하고 투긔(妬忌)ᄒᆞᄂᆞᆫ 모양이 읍고 쏘흔 황샹과 왕후게 극진 츙셩으로 셤기고 승샹과

---

54) 화쵹동방(華燭洞房) : 신부의 방에 촛불이 아름답게 비친다는 뜻으로, 신랑이 신부의 방에서 첫날밤을 지내는 일. 결혼식 날 밤 또는 혼례를 이른다.

부인게 영화효도(榮華孝道)로 셤기니 그 안이 죠〈35b〉 흘손야! 잇써 원쉬 가샤(家舍)를 크게 이록할 제 연延슈壽각閣은 웅쟝히 지여 승샹 부ᄉᆞ를 뫼시고 죠셕(朝夕) 문안범절(問安凡節)과 의복음식지공(衣服飮食之功)을 극진 효셩(孝誠)으로 ᄒᆞ고, 별 쵸당(草堂) 칠간(七間)을 후원(後園)의 지을시 연못슬 널게 파고 연못 안의 셕가산(石假山) 모고 긔화이쵸(奇花異草)를 싱그고 비금쥬슈(飛禽走獸)를 길으고 별당(別堂) 일곱 간을 졍묘(精妙)히 짓고 현판(懸板)을 붓쳣씨니 졔일 왕王낭娘각閣은 형산공쥬(荊山公主) 거쳐ᄒᆞ야 옥쇼(玉簫)로 셰월을 보닉고, 〈36a〉 졔이 단丹산山각은 졍치봉(丁彩鳳)이 거쳐ᄒᆞ야 풍월(風月)노 셰월을 보닉고, 졔슴 효孝열烈각은 니홍능(李紅綾)이 거쳐ᄒᆞ야 거문고로 쇼젹(消寂)ᄒᆞ고, 졔샤 운雲쇼霄각은 빅취란(白翠鸞) 거쳐ᄒᆞ야 비파(琵琶)를 쳥아히 타고, 졔오 셜雪월月각은 뉴츈미(劉春梅) 거쳐ᄒᆞ야 칼츔으로 노닐고, 졔육 눌嫩뉴柳각은 심잉ᄉᆞ(沈鶯鶯)이 거쳐ᄒᆞ야 노릭를 말게 부르고, 졔칠 샴三츈春각은 최무연(崔舞䴏)이 거쳐ᄒᆞ야 츔츄기로 일슴으니, 그 안이 죠흘손야! 원슈는 〈36b〉 옥져(玉笛)를 들고 이 각(閣) 져 각 두로 단이며 곡죠를 응ᄒᆞ야 옥져를 부러 질탕(跌宕)이 논이니 신션(神仙) 노름이 ᄉᆞ에 지나지 못할너라.

이러구러 천히(天下) 틱평(太平)ᄒ고 죠졍(朝廷)의 일이 읍셔 빅셩(百姓)이 격양가(擊壤歌)55)를 부르고, 긔린(麒麟)56)과 봉황(鳳凰)57)이 쟈로 나린지라.

셰월이 여류(如流)ᄒ야 오십 년이 지ᄂᆞᆫ지라. 승샹과 부인은 션관의 언약흔 ᄯᅥ를 당ᄒ야 션관을 보이려고 셰샹을 이별ᄒ고 〈37a〉 원슈ᄂᆞᆫ 아달 이십일 형졔를 두엇씨되 벼살이 다 일품지위(一品之位)의 일으고 졍 샹셔와 니 샹셔도 다 승샹의 이르러 팔십지년(八十之年)의 셰샹을 쟉별ᄒ고, 츈민 모친 이 부인과 잉ᄭ 모친 교 부인

---

55) 격양가(擊壤歌) : 옛날 중국 요임금 때 늙은 농부가 땅을 치면서 천하가 태평한 것을 노래한 데서 온 말로 태평한 세상을 즐기는 노래.

56) 긔린(麒麟) : 성인이 이 세상에 나올 징조로 나타난다고 하는 상상 속의 짐승. 몸은 사슴 같고 꼬리는 소 같고, 발굽과 갈기는 말과 같으며 빛깔은 오색이라고 한다. 인수(仁獸).

57) 봉황(鳳凰) : 예로부터 중국의 전설에 나오는, 상서로움을 상징하는 상상의 새. 기린, 거북, 용과 함께 사령(四靈) 또는 사서(四瑞)로 불린다. 수컷은 '봉', 암컷은 '황'이라고 하는데, 성천자(聖天子) 하강의 징조로 나타난다고 한다. 전반신은 기린, 후반신은 사슴, 목은 뱀, 꼬리는 물고기, 등은 거북, 턱은 제비, 부리는 닭을 닮았다고 한다. 깃털에는 오색 무늬가 있고 소리는 오음에 맞고 우렁차며 오동나무에 깃들어 대나무 열매를 먹고 영천(靈泉)의 물을 마시며 산다고 한다.

과 무연 모친 홍 부인도 쳔고(千古)의 읍는 영화(榮華)를 보고, 팔십 향슈(享壽)ᄒᆞ엿시며, 빅 쥬부(白主簿)도 벼살이 일품이 되고 팔십 향슈ᄒᆞ얏더라.

이러구로 셰월이 지ᄂᆞ 원슈 위국공(魏國功) 츙〈37b〉렬부원분군(忠烈府院君) 인동후(安東侯)를 봉(封)ᄒᆞ고 칠미인으로 더부러 다 연광(年光)이 구십칠셰(九十七歲)의 일은지라. 쟈손이 극진 효셩으로 봉양ᄒᆞ던이 일ᄉᆞ(一日)은 공이 칠미인으로 더부러 누각(樓閣) 우의 안져 셔로 질기더이, ᄉᆞ옥고 오식치운(五色彩雲)이 누각의 쟈옥ᄒᆞ고 말근 향ᄎᆔ 진동ᄒᆞ고 쳥학(靑鶴) 빅학(白鶴)이 날어들며 옥져 소리 쳥아히 ᄂᆞ더니 샴일 후의 구룸이 것치면셔 향ᄎᆔ 읍ᄂᆞᆫ지라. 쳥학〈38a〉 빅학이 옥져 쇼ᄅᆡ를 짜라 공즁으로 향ᄒᆞ야 날어가거늘 일실(一室)이 곡졀(曲折)을 몰ᄂᆞ 누각을 바라보니 원슈와 칠미인은 갓 곳시 읍더라.

ᄃᆡ한(大韓) 광무십일년(光武十一年) 졍월일

글시 츄솔(麤率)ᄒᆞ고 오쟈각셔(誤字落書)가 만ᄉᆞ오니 물니(文理)를 좃쳐 그ᄃᆡ로 눌너보시고 뉘시더지 비러다 보신 후 곳 임쟈의게로 회젼ᄒᆞ시옵.

해 설

중세적 삶의 이상과 《칠미인연유기》

《칠미인연유기》는 주인공 장옥선이 영웅적 활약을 벌이면서 천정배필인 일곱 미인을 만나 아름다운 인연을 맺고 인간으로서는 이루기 힘든 부귀영화를 누린다는 내용을 담고 있는 소설이다. 한편으로는 주인공의 영웅적인 투쟁과, 또 한편으로는 남녀 간의 사랑을 이루어 가는 과정을 서로 균형 있게 서술하고 있으며, 이를 통해 중세인들이 꿈꾸었던 이상적인 삶을 형상화하고 있다.

이 소설의 원본은 필자가 소장하고 있으며, 한국학중앙연구원 장서각에 마이크로필름이 소장되어 있다. 이 문헌은 원래 인사동 고서점가에서 유통되던 것이었다. 이것을 단국대학교의 고 진동혁 교수가 입수해 건국대학교의 고 박용식 교수에게 전해 준 것이라고 한다. 필자는 이 책을 박용식 교수로부터 전해 받았다. 이 책은 다른 이본이 없는 유일본으로 추정된다.

이 책의 가치는 단순히 유일본이라는 것에 한정되지

않는다. 왜냐하면 이 책이 필사본 문헌의 서지적 형태와 성격, 소설의 서술 체제, 소설의 서사적 내용과 미적 특질 등의 전반적인 면에서 소설사적으로 매우 중요한 의미를 지닌 작품으로 평가될 수 있는 요소들을 많이 갖고 있기 때문이다.

*

표제는 '칠미인연유긔'로 표기되어 있다. 제1책의 권수제(卷首題)는 두 번 보인다. 첫 번째 권수제는 '七美人宴遊記 칠미인연유긔'로, 두 번째 권수제는 '칠미인연유긔'로 표기되어 있다. 이것은 소설의 본문이 표지 바로 다음 장부터 시작되는 것이 아니라, 표지 다음의 두 번째 장부터 시작되기 때문에 그렇게 된 것이다. 표지의 바로 다음 장은 소설의 본문이 아니라 등장인물을 소개하는 장이다.

책의 크기는 가로 21.3cm, 세로 21.8cm다. 전체 3권 3책으로 구성되어 있으며 1책은 28장, 2책은 37장, 3책은 38장이며 작품 전체 분량은 103장이다. 제1책은 오침(五針)의 선장본(線裝本)으로 이루어져 있다. 2책과 3책도 그러하다. 전체적으로 한글로 필사된 소설이지만 경우에 따라 필사자가 꼭 필요하다고 여긴 부분에는 한글 옆에 한

자를 병기한 사례도 약간씩 보인다.

형荊샨山옥玉쇠簫유有쥬主호미 삼三샨山옥玉제
笛득得빅配라1)

(원문 권지삼, 〈25a〉)

위의 글귀는 형산공주의 옥퉁소에 새겨져 있던 것이다. 이 글귀는 작품 속에서 남녀 주인공의 운명을 예견한 것으로 매우 중요한 의미를 지니는 것이기 때문에 독자의 이해도를 높이기 위해 한자를 병기한 것으로 여겨진다. 예외가 있다면 표지 다음 장에 등장인물들을 소개하는 부분이 있는데, 여기에서는 한문으로 먼저 표기하고 한글을 병기한 형식으로 되어 있다.

본문의 한 면은 여덟 줄로 필사되어 있고 각 줄의 글자 수는 대략 열여덟 자 안팎이다. 전반적으로 줄 간격에 넉넉한 여유가 있어 독자들의 시야에 글자가 시원스럽게 들어올 수 있도록 했다. 그리고 책장을 넘길 때 손가락이 닿는 부분에는 글자를 적지 않은 채로 공백이 있다. 이것은

---

1) 원본은 세로쓰기 형태로 되어 있어 한자가 한글 아래에 표기된 것이 아니라 한글 옆에 표기되어 있다는 점에 유의하기 바란다.

손가락의 온기에 의해 먹물이 번지는 현상을 방지하고, 독자들이 보다 깨끗한 지면을 볼 수 있도록 세심하게 배려한 것이다. 책 넘김을 위해 따로 배려한 이러한 필사 방식은 세책본 고전소설이 지닌 독특한 특성이다. 이러한 '침 자리'는 다른 세책본 국문 고전소설에서 자주 발견되는 현상이다. 그러나 국문필사본 고전소설에 전체 줄 분량의 4분의 1정도를 배려해 모서리 하단의 두 줄을 넉넉하게 침 자리로 삼은 경우는 흔치 않다. 이것은 조선 말 세책본 국문 고전소설이 상업화하면서 독자에 대한 서지적 배려가 더욱 극대화되었음을 알려 준다.

필사된 글자의 필체는 해정하고 비교적 아름답다. 왕실의 낙선재에 소장되었던 소설들의 일반적인 궁서체와는 다른 서체적 특성을 보여 주며, 여타 민간에서 필사된 소설의 서체와 비교해 보아도 독특한 특성을 지니고 있다. 그리고 읽기에 부담이 없는 필체를 보여 준다.

작품의 말미에는 다음과 같은 필사기가 적혀 있다.

　대한 광무 11년 정월 어느 날 / 글씨가 거칠고 잘못된 글자와 빠진 글자가 많으니, 문리에 따라 그대로 눌러 보시고 누구시든지 빌려다 보신 후 곧 임자에게로 돌려주십시오.

위에서 말하는 대한 광무 11년은 1907년이다. 이해 8월에는 순종 황제가 새로 즉위하면서 광무 연호는 융희(隆熙)로 바뀐다. 그러나 필사자와 저자에 대한 정보는 나타나 있지 않다. 그러므로 작자 미상의 소설이다. 필사기에 따르면 이 소설은 1907년 정월에 필사되었음이 분명하다. 또한 "빌려다 보신 후 곧 임자에게로 돌려주십시오"라고 하는 문구를 통해 이 문헌이 세책본의 성격을 지니고 있었음을 알 수 있다.

서지의 여러 측면에서 볼 때 이 문헌은 조선 후기 필사본 국문 고전소설의 최종적인 모습을 잘 보여 주고 있는 작품이며, 이러한 점에서 소설사적으로 매우 중요한 가치를 지닌 자료다.

*

이 소설은 형태 서지의 측면뿐 아니라 내용의 서술 체제 면에서도 몇 가지 독특한 점이 발견된다.

첫째, 등장인물을 소개하는 지면을 독립적으로 따로 배정하고 있다. 이것이 《칠미인연유기》의 권수제가 두 번에 걸쳐 나타나게 만든 직접적 원인이다. 소설 속 등장인물 소개는 제1책의 본문 제1장의 앞면과 그 뒷면에 걸쳐 나타나고 있다.

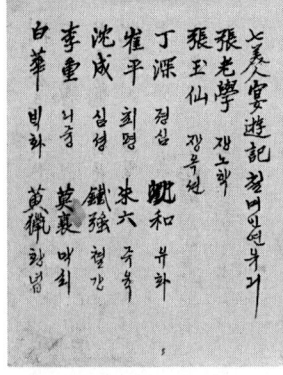 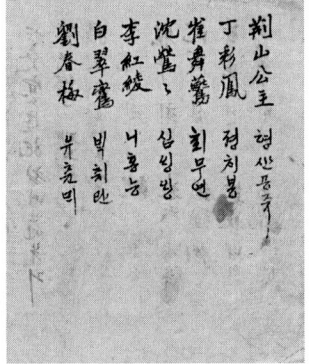

등장인물 소개란 앞쪽   등장인물 소개란 뒤쪽

1장의 앞면에는 주인공의 부친인 장노학과 남자 주인공 장옥선을 비롯해 12명의 등장인물 이름을 한자와 한글을 병기해 소개했다. 특히 1장의 뒷면에는 제목에서 말하는 이른 바 '칠미인(七美人)'을 따로 소개했다. 두 면을 통해 모두 19명의 주요 등장인물을 소개했다. 이런 식으로 표지 다음의 첫 면이 등장인물의 소개로부터 시작되는 고전소설은 찾아보기 어렵다. 완판본 105장본《구운몽》에서 이러한 사례를 확인할 수 있다.

둘째, 작품의 집필 동기와 관련해 상당히 자세한 서문을 수록하고 있다. 남자 주인공 장옥선이 인간으로서 오복을 온전히 누리고 많은 자손을 두었으며 처첩이 투기하지 않고 온 집안에 큰 화기(和氣)가 있었기 때문에 모두가 부러워할 만한 인생을 살았다고 평했다. 이것을 여섯 가지 복과 한 가지 화기라 지칭한다. 그리고 이 여섯 가지 복과 한 가지 화기가 이 작품을 집필하게 된 중요한 동기가 되었음을 밝히고 있다. 저술 동기에 대한 서문이 이 정도로 상세히 나타난 국문 필사본 소설은 찾아보기 어렵다. 서문 역시 국문소설보다는 한문소설에 그 사례가 더 잘 나타나므로, 이러한 형식은 한문소설에서 영향을 받았을 가능성이 있다. 그러한 점에서 이러한 서문 대목도《칠미인연유기》의 서술 체제를 보여 주는 매우 중요한 특성이라고 할 수 있다.

등장인물 소개, 서문 다음에 이어지는 셋째 단계에서는 장옥선의 삶을 중심으로 하는 소설의 서사가 본격적으로 서술되고 있다. 그리고 서사적 내용 다음에는 앞에서 잠시 살펴보았던 필사기가 있다. 작품 말미의 필사기 부분을 그림으로 보이면 다음과 같다.

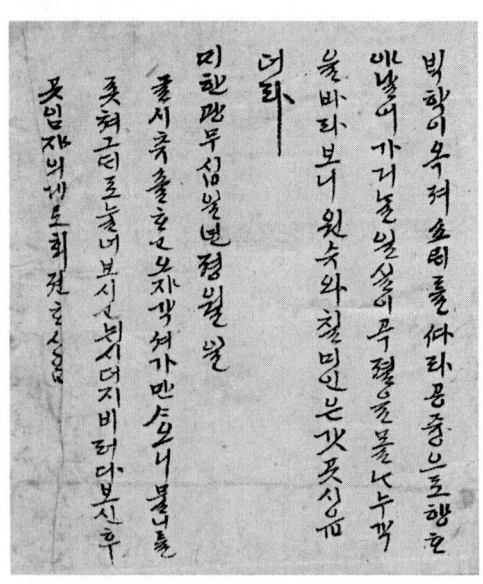

《칠미인연유기》의 필사기

    이러한 요소들을 종합하면, 《칠미인연유기》의 전반적인 서술 체제는 ① 등장인물 소개 ② 서설 ③ 서사적 실제 내용 ④ 필사기의 네 가지 요소로 구성되어 있다. 이 작품은 이러한 네 단계의 서술 형식 체제를 온전하게 갖추고 있다는 점에서 매우 특별하다. 이렇게 네 가지 요소를 모두 포함하고 있는 서술 체제는 그 이전의 다른 국문 필사본 소설에서는 발견할 수 없다. 이 작품은 조선 시대 필사본 국문소설의 전반적인 서술 체제를 형식적으로 종합하고 완성한 작품이라는 점에서 우리 소설사에서 매우 중요한 가치를 지닌 작품이다.

*

이 작품은 전체 여섯 개의 장으로 구성되어 있다. 장회명은 각기 한문 문구의 한글 독음으로 표기되어 있고, 그 한글 독음에 대한 뜻풀이가 한글로 기재되어 있다. 이 소설의 서사를 각 장별로 나누어 정리하면 아래와 같다.

제1장

고려 시대, 호남부 삼산(보은의 옛 지명) 속리산 문응동에 삼한공신의 후예 장노학이라는 사람이 살았다. 그는 경성 장 상서의 아들로 조실부모하고 강호의 경개 좋은 곳을 찾아다니며 살아간다. 그러던 어느 날 노학은 부인 한씨와 작별해 속리산에 들어가 송산도사에게 10년 동안 공부한 후 하산한다. 송산도사는 자신이 태을신선임을 밝히고 옥피리 하나를 주며 50년 후에 만나게 될 것을 예언한다. 얼마 후 노학은 과거에 장원급제해 한림학사가 된다.

수삼 년 후 그는 벼슬이 병부상서에 이르렀으나 나이 마흔에 이르도록 아들이 없음을 근심한다. 이에 노학 부부는 속리산에 백일기도해 태몽을 얻는다. 노학의 태몽에는 황룡 하나가 청룡 일곱을 이끌고 등천하는 것이 나타나고, 한씨의 태몽에는 누른 옥 하나와 푸른 옥 일곱 개를 얻는 것이 나타난다. 얼마 후 노학 부부는 용모 준수한 아들을 낳아 이름을 옥선(玉仙)이라 하고 자를 승룡(昇龍)이라 한다. 옥선은 교육을 잘 받으며 자란다.

제2장

한편 천자는 옥선과 한날한시에 태어난 공주를 낳아서 기른다. 그 무렵 흉년이 들고 백성들이 도탄에 빠진다. 관서 지방에서 철강(鐵强)이란 자가 10만 군병을 모아 난을 일으키니 관서와 관동의 주린 백성들이 벌떼처럼 일어난다. 이에 간신인 호부시랑 주육(朱六)이 병란의 원인을 병부시랑 장노학에게 돌린다. 노학은 사직 상소를 올리고 물러나지만 주육은 노학을 모함해 죽이려 한다. 이에 충신인 예부시랑 정심(丁深), 이부상서 이중(李重)이 상소를 올려 구명한다. 그러나 격노한 천자는 노학을 탐라로 귀양 보내고 정심과 이중도 쫓아낸다. 이중은 귀양 가기 전에 옥선과 한날한시에 태어난 자신의 딸 홍릉이 정혼한 사실을 부인에게 알리고 떠나간다. 주육은 충신들을 쫓아내고 철강과 교통해 철강으로 하여금 옥선을 죽이려 한다. 한씨는 꿈에 태을선관의 계시를 받아 옥선을 데리고 피신하게 되고 태을선관이 보낸 청의동자들에게 구원을 받는다. 그 후 한씨와 옥선은 백락촌 백화(白華)의 집에 이른다. 백화는 40여 세에 꿈에 태을선관을 보고 취란을 낳았는데 또다시 꿈속에 태을선인의 지시를 받아 한씨와 옥선을 만난다. 이들을 만난 백화는 옥선의 나이와 생일 생시가 취란과 같음을 알고 놀라며 함께 기거하도록 한다. 백화는 취란의 비파 소리와 옥선의 옥피리 연주가 서로 조화됨을 보고 천정배필임을 알고 혼인하게 한다.

제3장

철강이 군병을 이끌고 경성으로 들어와 천자를 겁박하니 주육은 항복을 주장한다. 그러나 천자는 공부시랑 사선의 의견에 따라 강화부로 파천해 도읍을 정하고 후일을 기약한다. 주육이 철강과 함께 결국 천하의 3분의 2를 차지하자 천자는 정심을 불러 과거를 통해 천하의 인재를 구하도록 한다. 이 사실을 안 옥선은 과거를 보기 위해 강화부에 이르러 여관에 거처한다. 옥선은 달 밝은 밤에 강화부를 배회하다가 정채봉과 이홍룽이 거문고와 노래로 읊

조리는 광경을 목격하고 옥피리로 이에 화답한다. 옥피리 소리에 홍릉은 정혼자 옥선이 왔음을 알고, 옥선은 담을 넘어 들어가 두 여인을 만난다. 그 자리에서 홍릉은 옥선에게 이번 과거에 장원급제해 정 상서의 사위가 되어 자신을 잉첩으로 들일 것을 부탁한다. 옥선이 드디어 과거에 장원급제하니 천자는 그를 한림학사에 제수하고, 정심은 천자의 허락을 받아 옥선을 자신의 사위로 삼는다. 옥선은 모친과 취란이 있는 백락촌으로 가는 길에 산동현에 이르러 기녀 최무연을 만나 옥피리로 〈봉구황곡(鳳求凰曲)〉을 부니 무연이 춤으로 화답하고 서로 인연을 맺는다. 백락촌으로 간 옥선은 모친 한씨와 백화, 백취란과 함께 돌아오다가 계룡부에서 남장한 심앵앵을 만난다. 앵앵의 벗인 취란은 옥선에게 앵앵을 천거하니 이에 옥선이 앵앵과 가약을 맺는다. 옥선 일행이 경성에 이르자 정심은 딸과 사위의 혼례를 거행한다. 며칠 후 옥선은 천자에게 출병을 청하니, 천자는 옥선에게 군사 2만과 상방검을 주어 대도독을 삼아 출전케 한다.

제4장

16세의 도원수 옥선이 출전하자 주육은 완산부를 도읍으로 삼고 철강을 선봉대장으로 삼아 황렵으로 하여금 옥선의 군대를 치게 한다. 옥선은 완산부에 이르러 다섯 가지 죄를 거론하며 항복을 권하는 격서를 주육에게 보낸다. 격노한 주육이 황렵을 출전시키니 옥선은 활을 쏘아 황렵을 말에서 떨어뜨리고 적진을 유린해 첫 싸움을 승리로 이끈다. 그날 밤 옥선의 진중으로 한 자객이 찾아오니 이 사람은 지리산에서 태을선인에게 무예를 익힌 유춘매다. 그날 밤 옥선과 춘매는 진중에서 백년가약을 맺는다. 다음 날 황렵이 다시 군사를 이끌고 왔다가 춘매의 칼에 머리가 떨어지고 주육의 군대가 패전한다. 이에 철강이 직접 군대를 이끌고 출전하나 옥선의 철퇴에 맞아 죽고 춘매가 적을 무찌르니 적장들이 주육을 결박해 바친다. 주육은 경성으로 압송되어 효수된다. 그 후 옥선은 대군을 돌려보내고 춘매와 함께 이중의 귀양지로 찾아가 홍릉과의 혼인 사실과 이중의 해배 사실을 알린다.

제5장

옥선은 아버지가 유배된 탐라로 가다가 주육의 휘하 장수인 막쇠와 그 군대의 공격을 받는다. 그러나 막쇠는 춘매의 칼에 목숨을 잃고 적들이 소탕된다. 탐라에 이른 옥선은 유배지에서 아버지 노학과 상봉한다. 옥선은 취처한 사연을 비롯해 그동안의 일들을 고한다. 옥선은 노학과 함께 돌아오는 길에 무연과 다시 만나 함께 경성으로 돌아온다. 이에 천자는 남문밖에 거동해 옥선 일행을 마중하고 노학에게 자신의 실책을 사과한다. 또한 천자는 노학을 승상으로 임명하고 옥선에게는 많은 상을 내리고 일등공신에 봉한다. 이에 이르자 옥선은 여섯 미인과 함께 화락하며 지낸다.

제6장

한편 왕후는 공주가 10여 세 되던 무렵에 꿈을 꾼다. 태을신선이 옥퉁소를 전해 주면서 태을궁 옥피리를 가진 이가 공주의 배필이 될 것이라 예언한 꿈이다. 왕후는 꿈을 깬 후에 과연 옥퉁소를 얻었는데 그 옥퉁소에는 '형산 옥퉁소는 주인이 있으니 삼산 옥피리 형산 옥피리가 짝을 얻을 것'이라고 적혀 있다. 이에 천자는 공주를 형산공주에 봉한다. 어느 날 밤에 형산공주가 옥퉁소를 불다가 피리소리에 응해 춤을 추던 학을 매개로 삼산 옥피리의 주인공이 옥선임을 알게 된다. 이 사실을 알고 천자는 천정연분임을 내세워 옥선을 부마로 삼으려 한다. 그러나 옥선은 상소를 올려 조강지처를 버릴 수 없음을 간한다. 한편 형산공주는 왕후의 딸이 하가할 때 잉첩을 둘 수 있다 하며 기존의 부인들을 받아들일 수 있도록 천자에게 간한다.

이에 드디어 공주와의 혼사가 이루어지고, 태을선관의 이른바 청옥 일곱 개의 예언이 이루어진다. 그 후 옥선은 연수각을 지어 부모를 봉양하고, 별초당 일곱 개를 지어 일곱 미인들을 거처하게 하고 일곱 미인과 음악으로 태평성대를 즐긴다. 세월이 흘러 노학 부부가 세상을 떠나고, 옥선은 21형제를 두고 1품 벼슬의 지위가 되어 부귀영화를 극진히 누리다가 97세에 일곱 미인과 백일승천(白日昇天)한다.

*

이 소설은 조선 시대 사람들이 꿈꾸었던 귀족적인 삶의 이상을 장옥선이라는 인물을 통해 형상화한 작품이다. 이 작품의 서사도 장옥선이 천정배필인 일곱 미인을 만나 아름다운 인연을 맺고 입신양명(立身揚名)하고 출장입상(出將入相)하며, 온갖 부귀영화와 복락을 누리는 것을 중심으로 구성되어 있다. 작품 속에서 남자 주인공 장옥선이 일곱 미인과 더불어 지극한 복락과 영화를 누리는 모습들이 잘 형상화되어 나타난다.

이처럼 남자 주인공이 일부다처(一夫多妻)로 지극한 복락을 누리며 사는 이상적 삶을 그린 일군의 소설들을 우리는 이상소설(理想小說)이라고 한다. 이상소설은 중세 인들의 삶의 이상을 형상화한 소설이라 할 수 있는데, 이 이상소설을 대표하는 작품으로는 《구운몽》이 있다. 구운몽 외에도 《육미당기》, 《옥선몽》, 《옥루몽》, 《임호은전》, 《오선기봉》, 《계상국전》 등이 이러한 유형에 속한다. 《칠미인연유기》도 이러한 이상소설의 범주에 포함되는 작품이다. 그러나 《칠미인연유기》는 이상소설로서의 보편성과 아울러 나름의 특수성도 지니고 있다. 이상소설로서 이 작품의 성격을 온전히 파악하자면, 이상소설의 전형이라고 할 수 있는 《구운몽》과 비교해 볼 필요가 있다. 이 작품은 아래와 같은 점에서 《구운몽》과 매우 유사한 양상을 보여 준다.

첫째, 여성 주인공들의 형상이 매우 유사하게 나타난다. 《칠미인연유기》의 칠미인과 《구운몽》의 팔선녀는 '칠'과 '팔'이라는 수적 차이가 있기는 하지만 성격상 매우 유사하다. 팔선녀와 양소유가 같은 시점에 속세에 환생했는데, 옥선과 칠미인도 그러하다. 《칠미인연유기》에서는 이를 강조하기 위해, 옥선과 칠미인의 사주가 같음을 명시하고 있다. 칠미인과 팔선녀의 신분도 거의 유사한 점이 많다. 《칠미인연유기》에는 공주의 신분인 형산공주, 조정 대신의 딸인 정채봉[2]과 이홍릉, 기녀인 최무연, 여검객인 유춘매 등이 등장한다. 《구운몽》에도 공주의 신분인 난양공주가 등장하고, 조정 대신의 딸인 정경패와 진채봉, 기녀인 계섬월과 적경홍, 여검객인 심요연이 등장한다. 《칠미인연유기》에는 잉첩이라는 형식으로 남자주인공과 인연을 맺는 이홍릉과 심앵앵이 등장하는데, 이는 《구운몽》에 등장하는 가춘운의 인물 형상과 유사하다. 또한 두 작품의 여주인공들이 인덕과 신의, 기예와 음률에 뛰어난 점도 서로 다르지 않다. 다만 《칠미인연유기》는 속세의 현실 세계에 더 근접하려는 경향을 보여 주기 때문에 《구운몽》에 등장하는 용왕의 딸, 백능파와 같은 신분의 여주인공은 등장하지 않는다.

둘째, 남녀 주인공이 결연을 이루는 과정에서도 유사한 점이 많이 나타난다. 《칠미인연유기》의 옥선과 형산공주가 결연하는 것은 《구운몽》에서 양소유와 난양공주가 결연을 이루는 방식과 유사하다. 그리고 옥선과 기녀 최무연의 만남은 양소유와 계섬월, 적경홍의 만남과 유사하다. 또한 남자주인공이 진중에 진입한 여성 자객과 인연을 이루는 것도 유춘매와 심요연의 경우를 보면 다르지 않

---

2) 정채봉의 '채봉'이라는 이름도 《구운몽》의 진채봉과 연관이 있을 것이라는 예상을 할 수 있게 한다.

다. 그리고 《구운몽》에서 소유와 정경패는 〈봉구황곡(鳳求凰曲)〉이라는 악곡을 매개로 인연을 맺게 되는데,《칠미인연유기》에서 옥선과 최무연이 인연을 맺는 대목도 〈봉구황곡〉을 매개로 해 나타난다. 다른 점이 있다면,《칠미인연유기》는《구운몽》보다 남녀의 결연에 음악이 더 많은 비중을 차지한다는 점이다. 여성 자객인 유춘매와 인연을 맺는 대목을 제외하면 거의 모든 경우에 옥선의 옥피리가 결연에 중요한 기능을 한다. 특히 옥선의 옥피리와 형산공주의 옥퉁소에 이르면 이러한 음률을 통한 남녀결연이 절정에 이른다.

셋째, 두 작품의 남자 주인공이 보여 주는 '영웅의 일대기' 형식도 유사한 점이 많다. 선행연구에 의하면 영웅의 일대기는 다음과 같은 기본 구조를 보여 준다.[3]

① 고귀한 혈통을 지니고 태어난다.
② 비정상적으로 잉태되거나 출생한다.
③ 범인과는 다른 탁월한 능력을 타고났다.
④ 어려서 기아가 되어 죽을 고비에 이른다.

---

3) 조동일,〈영웅의 일생, 그 문학사적 전개〉,《동아문화》제10집, 1971 참조.

⑤ 구출·양육자를 만나서 죽을 고비에서 벗어난다.
⑥ 자라서 다시 위기에 부딪친다.
⑦ 위기를 투쟁으로 극복해 승리자가 된다.

《칠미인연유기》에서 이러한 영웅의 일대기 양상은, ①은 삼한공신의 후예이며 병부상서의 아들, ②는 속리산에 백일기도와 태몽, ③은 용모가 준수하고 재능이 탁월함, ④는 부친의 귀양과 주육과 철강에 의해 죽을 고비를 넘김, ⑤는 백화에게 의탁해 양육됨, ⑥은 출정, ⑦은 승전과 복수와 같은 형태로 나타난다. 이러한 점에서 《칠미인연유기》와 《구운몽》이 모두 이러한 영웅의 일대기 구조를 잘 보여 주고 있다. 이것은 비단 이 두 작품뿐만 아니라 대부분의 이상소설이 채택하고 있는 전형적인 서사 구조라고 할 수 있다.

한편으로 《칠미인연유기》와 《구운몽》은 다음과 같은 점에서 차이점이 있다.

첫째, 《칠미인연유기》는 우리나라를 배경으로 해 작품의 배경이 설정되어 있다는 점이다. 이에 이 작품은 《옥선몽》·《육미당기》와 같은 성격을 지닌다. 시간적으로 보면 고려가 개국한 후 대략 3백 년이 지난 시기를 배경으로 삼고 있으며, 공간적으로는 속리산, 지리산, 완산부, 송악산,

강화도, 탐라, 계룡부 등을 배경으로 이야기가 전개된다. 이러한 점에서 중국 당나라를 배경으로 낭만성을 극대화하는 쪽으로 나아간 《구운몽》과 다른 모습을 보인다. 《구운몽》 이외의 다른 이상소설도 중국을 작품의 배경으로 설정한 것이 많다는 사실에 비추어 보면, 《칠미인연유기》가 보여 준 새로운 시도는 매우 특별하다. 이것은 이상소설이 한국적 현실과 풍토에 더욱 근접하려는 시도를 보여 주었다는 점에서 중요한 의미가 있다.

둘째, 《칠미인연유기》는 《구운몽》는 달리 '아버지의 부재'에서 벗어난 모습을 보여 주며, '용궁의 부재'를 보인다. 《구운몽》에서 남자주인공 양소유의 아버지 양 처사는 선가(仙家)에 속한 인물로 이미 양소유가 어린 시절에 세상을 떠난다. 그래서 양소유는 홀어머니 밑에서 자라나게 되고 끝까지 아버지를 상봉하지 못한다. 《칠미인연유기》에 등장하는 장옥선의 아버지 장노학도 태을신선에게 수학한 선가의 인물이다. 그러나 장노학은 속세에 오래도록 머물며 옥선과 자손들의 봉양을 받다가 세상을 떠난다. 또한 《구운몽》에서 백능파를 통해 나타나는 용궁의 세계가 《칠미인연유기》에는 부재한다. 이를 통해 용궁이라는 비현실 세계보다는 이와 상반되는 현실 세계에 집중하려는 경향이 나타난다. 이러한 설정들은 이 작품이 속세의 현실 세계에 대한 관심과 속세의 현실 세계에서 이상을 추구하려는 의식을 다른 이상소설에 비해 더욱 강하게 반영하고 있음을 알 수 있다.

*

이 소설은 주인공 장옥선이 영웅적 활약을 벌이면서 천정배필인 일곱 미인을 만나 아름다운 인연을 맺고 인간으로서는 이루기 힘든 부귀영화를 누린다는 내용을 담고 있다. 한편으로는 주인공의 영웅적인 투쟁과, 또 한편으로는 남녀 간의 사랑을 이루어가는 과정을 서로 균형 있게 서술하고 있으며, 그를 통해 중세인들의 삶의 이상을 형상화하고 있다. 중세인들이 한 번쯤 나도 이렇게 살아 보았으면 하고 꿈꾸었던 이상적인 삶의 형상들이 잘 나타난다. 이와 함께 옛사람들의 이러한 투쟁과 사랑, 그리고 삶의 이상이 한국적 공간과 한국적 인물을 통해 나타난다는 점에서 소설사적으로 매우 중요한 의미를 지닌다.

내용뿐만 아니라 형식적인 면에서도 이 소설은 필사본 고전소설의 형태를 온전하게 완비하고 있다. 인물소개란, 서문, 본문, 필사기의 형태가 온전히 갖추어져 있다. 그리고 글자의 서체가 매우 정갈하고 행간의 간격이 시원하게 설정되어 있으며 손가락에 침을 발라 책장을 넘기기 편하게 만든 '침 자리'도 넉넉하게 갖추어져 있어 독자들에게 매우 편한 느낌으로 다가온다.

그러므로 이 작품은 내용적인 면에서 고전소설 일반의 서사적 전형을 매우 잘 갖추고 있을 뿐만 아니라, 형식적인 측면에서 조선 후기 필사본 소설의 완결된 형태를 잘 보여 주고 있어 매우 중요한 작품이다.

옮긴이에 대해

허원기(許元基)는 남한강이 보이는 충청북도 충주의 작은 마을에서 태어나서 그곳에서 어린 시절을 보냈다. 건국대학교에서 국어국문학을 공부하고, 한국학중앙연구원 한국학대학원에서 한국 고전문학을 공부했다. 조동선의 이류중행 사상과 관련해《삼국유사》의 구도 이야기를 분석한 논문을 써서 석사 학위를 받았고, 신명풀이로 판소리의 서사구조와 미의식을 분석한 논문을 써서 박사 학위를 받았다. 오랫동안 한국학중앙연구원 장서각의 연구원으로 왕실 고문헌을 조사하고 연구하는 일을 했으며, 한동안 다산학술문화재단에서 연구원으로 재직하며《다산학사전》편찬 작업을 담당했다.

현재는 건국대학교 문화콘텐츠학부에 재직하며 고전서사문학과 스토리텔링을 연구하며 가르치고 있다. 우리 서사문학의 본령을 찾아서 그 사상과 미학을 탐구하는 작업을 줄곧 수행해 왔으며 이와 관련된 논문들을 다수 발표했다. 이와 함께,《판소리의 신명풀이 미학》,《고전서사문학의 사상과 미학》,《고전산문자료연구》,《고전문학과 인

성론》,《고전서사문학의 계보》,《우리 고전의 서사문법》, 《충주, 옛 문학과 민속의 풍경》 등 다수의 저서를 집필했다. 한편으로《낙성비룡》,《정수정전》,《홍백화전》,《화문록》,《영이록》,《양문충의록》, 조선 시대 한글간찰 등 여러 고전 작품의 번역 주석 작업을 수행했다.

동서의 문사철을 융합하는 인문고전학의 길을 탐색하며, 그 융합의 지점에서 서사적 이야기를 발견했다. 틈틈이 헬라어, 라틴어, 산스크리트어와 같은 고전어들을 공부하며 보편적 융합학문으로서 이야기 인문학의 길을 조심스럽게 탐색하고 있다. 때로는 강호의 선지식을 찾아다니면서 구도 이야기를 수집하기도 한다. 이야기의 사상사와 글쓰기의 사상사를 정리하는 것을 필생의 과업으로 삼고 있다. 기계가 인간의 노동을 대부분 대체하게 될 새로운 시대에는, 대중이 모두 고전어로 성인의 말씀을 읽으며 저마다 심신을 수양해, 대중이 모두 성인이 되는 시대가 와야만 한다는 생각을 하고 있다.

칠미인연유기,
장옥선과 일곱 미인 이야기

작자 미상
옮긴이 허원기
펴낸이 박영률

초판 1쇄 펴낸날 2024년 10월 25일

커뮤니케이션북스(주)
출판등록 제313-2007-000166호(2007년 8월 17일)
02880 서울시 성북구 성북로 5-11
전화 (02) 7474 001, 팩스 (02) 736 5047
commbooks@commbooks.com
www.commbooks.com

ⓒ 허원기, 2024

지만지한국문학은
커뮤니케이션북스(주)의 한국 문학 출판 브랜드입니다.
이 책은 저작권자와 계약하여 발행했으므로, 본사의 서면 허락 없이는
어떠한 형태나 수단으로도 이 책의 내용을 이용할 수 없습니다.

ISBN 979-11-7307-259-8 03810

책값은 뒤표지에 있습니다.